大洪水以後

大浦康介

朝日出版社

目次

大洪水以後

言語表現！　これだ、ジョーよ、もしぼくにも絶対がありうるとすれば、
これこそぼくの絶対だ。

（J・バース『旅路の果て』）

来てくれてありがとう。恩に着るよ。君に会って話したいとは前から思ってたんだ。とくに去年偶然ばったり出会って以来ね。でもいろいろあってね。君も忙しくしてるって聞いてたから、正直いって遠慮もあった。大学で教えてるんだってね。すごいなあ。こうしてゆっくり話をするのは学生時代以来かな。時間の経つのは早い。あっという間だ。あのころがなつかしいよ。亀山……だったっけ、国文で、源氏物語の話ばかりしてた、あいつと三人でよく飲んだよね。下宿で朝まで飲んで、大学の裏山をほっつき歩いた。覚えてる？　馬鹿なことばかり言って。しかつめらしく馬鹿話をして。駄弁を弄するとはあのことだ。でも当人たちは案外真剣でさ。思い出すのも恥ずかしいくらい真剣で。

俺がライターになったって聞いて驚いただろ。しがない貧乏ライターだけどさ。あんなに書けない書けないって言ってた俺がさ。覚えてるかな？　一行書いては破り捨て、また一行書いては破り捨てしてた俺が。一行どころじゃない、一語だよ。たった一語を選ぶのにああでもないこうでもないって頭をひねって、それがまるで重大事みたいにね。この瞬間に運命が決まるって感じで。滑稽だよね。サルトルの小説にそういうのがあっただろう。『嘔吐』で独学者って呼ばれてる人物の話だ。ずいぶん昔に読んだからよく覚えてないけど、そいつはちょっと気の利いたフレーズを思いついてはノートに書きとめてるんだ。「淡い陽光を背に受けて輝く駿馬のたてがみが朝靄のなかにたなびいて」みたいなね。それを後生大事にいつも持ち歩いてて、この形容詞はこっちの方がいいんじゃないか、ここはやっぱり読点で区切った方がいいんじゃないか、いややっぱりやめとこうなんて、何度も何度も推敲してるんだな。その哀れな一行をね。たまに人に意見を聞いたりもしてね。おずおずと。でもちょっと自慢気で。でも傷つきやすくて。痛々しいよね。悲惨だよね。そいつがまた自分が通ってる図書館の本をAからアルファベット順に読んでるっていうんだな。何万冊、何十万冊ってある本をね。ぜんぶ読破するつもりらしくて。意気込みだけは立派だけど、何百年生きられると思ってんだって話だよね。ようするに視野狭窄というか、引いて見られないんだな。というか現実ってものを見ようとしない、夢みる人なんだ。おそろしく真面目でね。でもどこか倒錯的で。サルトルはうまく描いてると思ったよ。あの独学者の存在は妙になまなましくて、皮膚のなま温かさまで伝わってくる感じで、こういうところはさすがだなと思った。小説だよね、まぎれもなく。

俺の場合もけっこう悲惨だった。子供のころから、書くより前にしゃべれなくてね。いまでいう緘黙症だ。場面緘黙症。ただちょっと違うと思うのは、場面によって、状況によってしゃべれなくなるというより、そもそも言葉との関係がいびつというか、ズレてるというか、自然に、おおらかに言葉を発することができないんだな。もともとそういうものなのかもしれない。でも人間は「うう」とか「ああ」とかしか言えない赤子の状態から成長して、言語によるコミュニケーションを習得して、それをいわば「第二の自然」にするんだよね。俺の場合、その過程で何か異常が生じたみたいなんだ。原因はよくわからない。自分の貧しさ、卑しさ、拙さにたいする過剰な意識から来ているのかもしれない。要は自信がないのかもしれない。一種の社会恐怖かな。たぶんそんなところだ。自分の存在の自明性に安心して寄りかかれないっていうか、自己充足できないっていうか。だから言葉を使ってどうにかしようとするんだろうけど、とにかく言葉がいつもごろごろと引っかかってね。言葉と溶け合うことがなくて。だからああでもないこうでもないって、言葉を表むけたり裏むけたり、縦にしたり横にしたり、足したり引いたり、飛んだり跳ねたり。

別にしゃべりたくないわけじゃないんだ。それどころか、しゃべる気は満々なんだけど、ひとこと言う前に頭のなかで十回復唱して、完璧なフレーズをつくって、しかもそれを言う段になったら、いつ言おうか、いつ言うのがベストかって迷って、いまかいまかと機会をうかがいながら、でも自然に出たって感じじゃないといけないから、いかにも準備しましたって感じじゃいけないから、さりげなく、あれって、ひらめいたって感じで言おうって、よしいまだって、喉まで出かかるんだけど、でもちょっと待てよって、まだ機は熟していないって、オーバーだけどさ、もうちょっと待とうって、それで結局は言わずに終わってしまう。そのうち三日たち一週間たち、十日が半年になって、あっという間に三十年。くだんのフレーズは熟れて熟れて熟れきって、腐るのとおり越してからからに干からびてね。黒くちっちゃくなって。何年も冷蔵庫のなかに放っておいたなすびみたいにね。考えてもみてくれ、頭のどっかに引っかかったまま何年も何十年も日の目をみないフレーズの存在を。しかもそれがまたたわいもないフレーズでね。ちょっと気のきいたさ、ただそれだけの。泣けてくるじゃないか。涙ぐましいじゃないか。この言葉のミイラ。乾燥きくらげみたいな、干した脳ミソみたいな、変なかたちした、溶けない言葉だ。溶解しない言葉。それが残ってさ。いつまでもいつまでも残って。

だから何も言わないのがいちばんだってなるんだよね。何も言ってないかぎり俺はまだサラだ、まだ「きれい」だってね。一種の潔癖症だな。非行動型潔癖症。何もしない、何も言わない。だから可能性は無限のまま温存される。だから何でもできる、何にでもなれる、そんなふうに思っていたふしがある。ただ年だけは否応なしにとっていく。それだけはちょっと計算外だった。可能性じたいが年とっていく。なんともみすぼらしい可能性になっていく。がたがたの可能性だ。ポンコツ車みたいなね。それはともかく、言葉とかかわると汚れる、シミがつく、そんなふうに思っていた気がする。学校の教師にさ、国語の教師に、言葉は不純ですって、何度言おうと思ったかしれない。もちろん子供だからそんな表現は使わないけど、そういう意味のことをね。言葉は不純で無力ですって。とにかくこんなものを使いこなすの僕には無理ですって。でもどこの世界にそんなことを言う子供がいるんだって話だよね。

一度作文で変なものを書いたことがあった。そのときはどういうわけか思い切って書いてやろうと思ったんだね。こわごわね。書きものだからできたっていう面もある。たしか高一のときだったと思う。よせばいいのにくねくねと、裸おどりみたいなことをやって、悪態をついたんだ。言葉で悪態をついた。子供心にもなんというか、この過剰な自由を伝えたかったんだろう。言葉は自由すぎて手に負えないですってね。何を、どんなふうに、どこから書いていいかわかりませんって。その結果が裸おどりだった。腹を使ってくねくねと、みょうに大人びてて、出来そこないの大人みたいにね。裸おどりだから見せちゃいけないところも見せた。僕の得意技はこれですって、これしかありませんって。教師は不思議な表情をした。一瞬だけど、作文を返すときにね。なんともいえない、複雑な表情をした。少し笑ってるみたいな、少し泣いてるみたいな、少し怒ってるみたいな。一瞬だけ目と目があって、すぐにいつもの顔にもどった。返してもらった作文に目をやったとたん、淡い期待はいっぺんに吹っ飛んだ。二十五点、漢字の間違い六個、句読点の間違い二十二個、与えられた主題をもっと真剣に考えること、ひたむきなところが感じられません。オーケー、そうですか、わかりました、ごめんなさい。ごめんなさいだよね、ほんとに。しちゃいけないことをしたんだな。子供心にもそれはわかった。教師はひょっとしたら、ふだん寡黙な子が作文で異様な饒舌を見せたことを気味悪く思ったのかもしれない。中味のない、形容しがたい饒舌をこれ見よがしに披露したことを忌まわしく思ったのかもしれない。ならどうして、せめて子供はこういうふうに書くものじゃありませんって言ってくれなかったんだろう。こういう書きかたをすると社会に出たときに苦労しますよって。きみの行為は明らかな逸脱行為ですって、ルール違反ですって。ひとの弱みにつけ込んで、いや言葉の弱みにつけ込んで点数を稼ごうなんて根性が卑しい、もっと正々堂々と勝負したまえって。

注意が散漫だとか、人の話を聞いていないっていうのも、よく言われたことだ。あと、文字を読むスピードが遅いっていうのもね。これはいまも変わらない。映画の字幕とかを読むのが異常に遅いんだ。映画のシーンは次々に変わるからストーリーを追えない。いちいち立ち止まって、巻き戻して、一歩一歩たしかめながら、這うようにしてしか進めない。ちょっと待ってください。お願いですからちょっと待ってくださいってね。まるで年寄りだ。まわりでは子供たちがみんなすいすい泳いでいくのにね。まぶしい海辺でね。子供は残酷だ。子供たちは美しく、残酷だ。ああまた脱線しそうになった。俺の場合、文字を音に変換して、それを意味につなげるのがどうも苦手らしいよ。いまでいう読字障害《ディスレクシア》だね。でもちょっとちがう気もする。ひとはどんな時間でものを読むのか、どんな時間でものを書くのか、どんな時間で話をするのか、それがわからないから、なんべんもなんべんも同じページを目で追って、何にも入ってこない。言葉が風景にしか見えなくて、こんな何万字も何十万字もよく書いたなって、超人的なしわざだなって、本屋なんかに入ると卒倒しそうになる。

昔から図書館が苦手だった。図書館に入って、机に席をとって、本を広げて、二行ほど読んだら、頭が朦朧としてきてね。まぶたが鉛みたいに重くなって、そのまま机に突っ伏して、よだれを垂れながら惰眠をむさぼった。顔を上げると、日が暮れかかっていた。美しい夕日が館内を黄金に染めていた。本はよだれではしたなく濡れていた。俺は生まれ変わったみたいにすっきりした頭で、本を閉じ、椅子を元にもどして、図書館を出た。いつもこの繰り返しだった。すっきりした頭を読書に使うことはなかった。たとえ使っていたとしても、文字との対面はたちまち俺の頭を曇らせたことだろう。すっきりした頭は無駄なことにしか使えなかった。無駄なこと、空回りするアイデア、味見しすぎて味のわからなくなったフレーズ、見るたびにちがって見えるけどそのじつ変わらない自分の顔。

そういうものが、ぜんぶつながってるんだよね。つまりその、教師がよく言ってた生活態度っていうやつにね。遅刻の常習犯だったこととか、いつも夜更かししてわけのわからないことをしていたこととか、朝飯を食べないこととか、過食と拒食の繰りかえしでいつも下痢ぎみであることとか、不整脈があることとか、ときどきインポになることとか、同じ女とは二週間と続かないこととか、まともな夫婦生活が営めないこととか。ぜんぶ関係してるんだよ。チューインガムを右の奥歯で噛もうか左の奥歯で噛もうか迷ったりする、あれもね。ぜんぶちょっとずつズレてるんだ。健常者にくらべてね。朝早くから脇目もふらずに働く者たちにくらべて。褐色の肌と濁りのない瞳をもつ勤労青年たちにくらべて。そのズレなんだようは。ちょっとちがうような気もするけど、たぶんそうだ。

野球選手みたいに、エンジニアみたいにしゃべれたらいいなってよく思った。彼らは口べたかもしれないけど、彼らと言葉との関係は透明なんだな。言葉と距離がないんだ。まあ比較の問題だけど、彼らにとって言葉は意味を乗せる道具で、使えればそれでいいので、とくに意識したりしない。言葉じたいが変なヴォリュームをもったり、自分に刃向かったりはしない。俺には言葉はいつもごつごつしててね。始末に負えない。俺と言葉のあいだにはいつもすきま風が吹いてるんだ。わかるかな。一体感がないんだ。というか、自然に、呼吸をするように、湧き出るようにしゃべる、それがない。悩みを打ち明けたり、怒りをぶちまけたり、悲しみを表明したりするときだって、すぐにはできなくて、いつも「言葉の問題」というやつが顔をあらわして、悪魔みたいにね。さてどうしましょうって。さてどんな言葉で、どんなふうに、どんな調子でって。たぶん悩みじたい、怒りじたい、悲しみじたいあんまりないんだな、俺には。そういえば真剣に悩んだり、真剣に怒ったり、真剣に悲しんだりした記憶があまりない。泣いたことも二回くらいしかない。もっとあったかもしれないけど、それはぜんぶうそ泣きだ。うそ泣きって、いい言葉だよね。関係ないけど。

　ついでにいうと、人間が動物とちがうところは、人間が言葉を使うところだってよく言われるけど、でもチンパンジーだってサイン言語みたいなのは操れるよね。人間が動物とほんとうにちがう点は、うそをつくところにあるのかもしれない。思ってもいないことを言うとか、したいこととは別のことをするとかね。でもこれもちょっとあやしい気がする。動物だってそんなことしそうだ。年とって呆けてしまった犬とかね。犬は「言葉」はしゃべらないけどね。というか、しゃべらないみたいだけど。人間と動物のいちばんの違いは、人間は自分の言うことを「これは本当だ」って強く主張するところなんじゃないかと思う。それがうそでも本当でもね。動物にはこの押しつけがましさはないよ。このしつこさはない。

　いまになって思うのは、俺は意味の世界とがっぷり四つに組んで格闘することができなかったということだ。その点では親父といっしょだ。親父は「言葉の問題」で悩んだことは一度もなかったと思うけど、意味の世界で勝負できないという点では同じだった。俺の足がつい裏路地に向かうのもそのせいだと思う。金の背表紙がずらりと並んだ図書館ではなく、正午を告げる鐘が鳴りひびく市役所前広場でもなく、噴水のある公園でもなく、しがない、しょんべん臭い裏路地だ。裏路地は親父の憩いの場だった。親父は変な男だった。どういうわけか女物の時計をして、少しヒールのある革靴を履いていた。自分のことを流れ者だと言っていた。背中に大きな刀傷があってね。子供のころ銭湯でよく見たけど、そこだけ肉が窪んでた。猫背の背中でね。ひとが使ったブリキの剃刀を平気で拾って髭を剃っていた。陸軍の幹部候補生だったって、それだけが自慢の男だった。奉天の士官学校あがりでね。そのくせ女にしか興味がなくて、小心者でね。上官にはよう殴られたわって、変な関西弁で言っていた。直立不動で殴られたって。上官から一発食らうときにはな、歯を食いしばったりしたらあかんのや。顎の力を軽く抜くんや。そして殴られる方向に顔を心持ちなびかせる。そしたらあんまり痛くないんやって。親父に教えてもらったのはそんなことだ。それと戦地での娼婦の話。ポンピーだかマンピーだか、その違いを得々と説明してくれた。お袋のいる前でね。おそろしく無神経な男だった。

戦後復員して佐賀に戻って、幼稚園のスクールバスの運転手をしたり、観光会社の営業マンをやったりしたらしいけど、どれも長くは続かなかった。元来がルーズで、遅刻の常習犯で、気が向かないと平気で会社を休んだりしてたから、続くわけないよね。最後は日産の営業所で車のセールスをやってたみたいだけど、会社の金を使い込んで、夜逃げ同然で大阪に出てきたらしい。家族もそのあとを追いかけた。佐賀にいたときから、めぼしい家具にはすべて差押えの赤い札が貼ってあった。「夜逃げ」、「差押え」、しっとり落ち着いた、いい言葉じゃないか。借金取りが来たら月末に来いって言えって言われた。五歳の俺が最初に覚えた大人の言葉が「月末」だった。月半ばに来た借金取りは幼児から「ゲツマツ」と聞いて苦笑した。親父は奥の間で煙草をふかしていた。借金というより借銭だ。親父は九州訛りで「しゃくしぇん」と言った。ひとつの借銭の穴を別の借銭で埋めるために親父はよく俺を連れて親類の家を回った。もちろん同情を買うためだ。しかしへりくだった様子など微塵もなく、出された菓子を頬ばって、煙草をふかしていた。用件をなかなか切り出さない男と、明らかに煙たそうな親類の顔。堪えられない間《ま》だった。

変な言い方だけど、親父は根っからの借銭返済不履行者、筋金入りの家賃滞納者だった。電気代も払わなかった。支払いの猶予期間は借銭も家賃も電気代もないも同然だ。期限が来ても、追い立てられないかぎり、脅されないかぎり、やっぱりないも同然だ。世の中はふつうに回っている。何がちがうんだ。そう思っていた。電気が切られたら外に出たらいい。家人はろうそくを灯して食事をしたが、だからどうだっていうんだ。子供は台風のときみたいにはしゃいでるじゃないか。負債があるのがデフォルトだったから、負債がないと何か頼りないような、損したような気がしていた。根っからの負債人間だった。

世は借銭の時代だった、巷では通帳と印鑑をもって家を飛び出した息子を悲鳴を上げながら追いかける老婆の姿があった。戦友に騙されて家を失った男が無念の涙をこらえる姿があった。バス停であくびをする妊婦たちの姿があった。親父は職を転々とするあいだにも事務の女の子やパートのおばさんや水商売の女などを手当りしだいに誘惑した。まったく手がつけられなかった。そのなかに運悪く地元のヤクザの親分の二号がいて、親父は二号ともども夜中に車に乗せられて山に連れていかれた。二人とも真っ裸にされて木の根元に立たされ、日本刀を突きつけられて、きさまらここでやってみんや、俺の目の前でやってみんやって言われて、親父はちびりそうになりながら、不敵な薄笑いを浮かべる女を尻目に自分だけ逃げようとした。這うようにしてね。そこを後ろから、きさまあって、バッサリ。例の背中の傷だ。

戦地で顔に大火傷を負ったこともあった。でも戦争中は幸福だった。戦争中っていうのは特別な時間が流れてるんだ。怪しくも甘い時間がね。死の匂いと隣り合わせにね。瞬時に無法地帯が広がるっていうか、何をしてもいい、何でもできるっていう感覚が、すべての人間を一瞬平等にしてしまうような雰囲気が、社会のあらゆる取り決めが一瞬嘘に見えるような空気が、日常の真っただなかに亀裂のように生まれるんだ。熱病の発作みたいにね。祝祭なんだ。無礼講なんだよ。死ぬやつもいる。儲けるやつもいる。盗むやつも、犯すやつもいる。兵隊が戦場で殺してんだから、犯してんだから、どんなモラルがあるっていうんだ。親父は国が崩壊するのを喜んで見ていた。いやそんなことはどうでもよかった。ただ非常時ってのは悪くないと思っていた。非常時の独特の匂いってのがね。そして弾に当たって死なないことだけを願っていた。何を思ったのか、復員したときルガーを一挺こっそり持ち帰った。

平時は退屈だ。平時にはどきどきするようなことは何も起こらない。女しかない。女が喘ぐときだけがいまや非常時だった。女の喘ぎ声が空襲警報だった。家族なんてどうでもよかった。家族はつくるのが当り前で、見捨てるのも当り前だった。妻を殴り、六人の子供とは口もきかなかった。暗い家庭だった。子供は登校拒否ではなく帰宅拒否になった。長男が家出した。親父はその日その日を生きるだけだった。もうあとがないって感じでね。だんだん追い詰められる感じで。夜中に帰ってテレビの前に坐り、最終番組が終ってもザーザーいう画面を黙って眺めていた。一日がこのまま終るのがどこか心もとない、納得できない、そんな感じだった。でもなんにも抵抗できなかった。まっとうな世界を前にしてはろくに口もきけなかった。まっとうな世界。どう言ったらいいか、いわゆるまっとうなさ、医者とか弁護士とか大学教授とか企業家とか、ようするにそんな連中の世界だ。表社会の、陽の当たる世界のお歴々にはまったく頭が上がらなかった。卑屈にちぢこまって、悪態をつくことすらできなかった。暗い部屋で女に寝物語をすることだけが慰みだった。ボソボソとね。独特の間《ま》で。それをこっそり録音して、車のなかで独りで繰りかえし聴いたりもした、自分の姪の裸を隠れて写真に撮ったりもした、哀れな男だった、彼は誰も信じちゃいなかった。言葉の意味というものを信じてはいなかった。それがあることは分かっていたけど、そこに果敢に入っていくことはできなかった。意味の世界はこわい世界だ。権力者たちの世界だ。それにはとても太刀打ちできないと思っていた。言葉にともなう責任みたいなものが負えなかった。相手に責任を求め、自分も請け合う、そんな太い言葉が吐けなかった。それはどうしようもないことだった。

みんないい加減なことをやってるんですよって言っても駄目だった。みんな腐ってるんですよって言っても駄目だった。見せかけだけでも、ハッタリでもいいからって言っても駄目だった。ようするに小心者だった。嘘が下手だった、絶望的に下手だった。すぐにニヤニヤして、口ごもってね。でも腹のなかではどうでもいいと思っていた。嘘だろうと本当だろうと、それでなにが変わると思っていた。したいようにするだけだと。しかししたいようにはできなかった。言葉はやっぱり彼を追いかけてきた。借銭取りも追いかけてきた。妻も六人の子の手を引いて追いかけてきた。彼はときどき逆上してみせた。下手な芝居だったがそうするほかなかった。しかし笑ったような泣いたような表情を隠しきれず、芝居は明らかに迫力を欠いていた。その一方で、真面目に怒ることも、泣くこともできなかった。真剣になることができなかった。まっとうな感情と彼のあいだには埋めようのないすき間があるのだった。それが彼の「退屈」の本質だった。

お袋によると、親父はよく家に訪問客が来ている最中に、何も告げずに平気で家を出ていったらしい。どこに行ったかは分からなかった。お袋は対応に困って途方に暮れた。さあ、もう帰ってくるっちゃなかとでしょうかと言いながら、間のびした世間話でお茶を濁した。しかし間のびした世間話は長くは続かなかった。客はしまいに怒って帰っていった。

晩年には何を思ったか共産主義者の気持ちも分かる、あいつらが正しいのかも知れんと言った。長男がヘルメットをかぶり角材を振り回して暴れていると人から聞いたときも平然としていた。その長男とは後年殴り合いの喧嘩をして、息子のパンチを顔面にまともに食らい前歯を二本折った。折られた部分を舌でなめるようにして話す親父の言葉はまったく要領を得なかった。哀れな男だった。すべての不幸はあんたから始まったんだ、元凶はあんただと、俺はなんべん言おうと思ったかしれない。でも親父はついに一度も裁きを受けることなく逝ってしまった。

ごめん、親父の話でつい暴走しちゃったね。独り言みたいになってしまった。俺はまともに歩けなくなってからこれなんだ。つい饒舌になって、ときどき誰としゃべってるかよくわからなくなる。それで何時間もね。だらだらと。自分でも止められないんだ。反動なんだろうね。あれだけしゃべれなかった俺がね。あれだけ書けなかった俺が。ライターにまでなって。鍛えられたんだよ。広告代理店に三十年近くいてね。広告のコピーばっかり書かされて。くだらないコピーを山ほど書かされて。

そのうち馬鹿馬鹿しくなってきたんだ。言葉をピンセットでつまむみたいにして、後生大事に扱うことがね。広告って待ったなしだからね。そういう業界に入って、締切り、締切りで追いまくられて、くたくたへとへとになって、開き直ったんだね、たぶん。ずいぶん言われたよ。おまえのそのこだわりは何なんだって。語順とかてにをはとか句読点とか接続詞とか、そりゃどうでもいいとは言わないけどさ、広告だからさ、でもおまえのそのこだわりは異常だって。ほとんどビョーキだって。なんべん版下直したら気がすむの、来年までやってろ、あきれるよまったく、馬鹿じゃないのって。おまえみたいなの、代わりはいくらでもいるんだ、もうやめろ、クビだって。なんべん言われたかしれない。

おかげでいろんなことに気づかされた。世の中には毎日毎日、埋めないといけない膨大な量の空白のページがあるんだ。それを埋めないと世の中が回っていかない、そういうページがね。新聞の紙面がそうだ。何百、何千タイトルもある雑誌のページがそうだ。本屋の店頭に並んでいるものだけじゃない。企業誌、フリーペーパー、学術誌、官報、数え上げたらきりがない。電車の中吊りだってそうだ。ウェブ上のページだってそうだ。広告だけを言ってるんじゃない。ようするに毎日、毎週、毎月、更新されなきゃならないページが山ほどあって、それらを文字や画像で埋めなきゃならないんだ。何を書くか、どう書くかは二の次なんだ。とにかく埋めないと話にならないんだよ。ところが俺は、書き手の側からばっかりものを考えていたんだな。「産みの苦しみ」にばっかり気をとられて。でも俺のそんな悩みなんて太平洋の上の一点の滴みたいなものなんだよ。そんなものとは関係なしに無数の「埋められるべき紙面」があるんだ。そして社会で重宝されるのは、期日までにそれを埋められる連中なんだよ。才能なんか関係ないんだ。というか、それが才能なんだ。そういう連中がプロって呼ばれるんだ。

それと、みんないいかげんにしか読んでないんだってこともね。斜め読みとか、飛ばし読みとかね。俺ができなかったことだ。いや、俺ができないと思い込んでいて、そのじつふつうにやっていたことだ。こんな当たり前のことに気づくのに何年も、何十年もかかったんだね。どこまでナイーヴだったんだって話だよ、まったく。これが俺にとっての「大人の世界」だったんだね。それで思ったんだよ。言葉はあいかわらず不純で無力だけど、そんなこと俺の知ったことかってね。言葉のない状態なんて俺たちには想像もできないんだから、俺たちは始めっから終わりまで言葉のゴミのなかで生きなくちゃならないんだから、言葉の外部なんてないんだから、どうあがいたって大して変わりはないんじゃないかってね。そんなピリピリしたってしかたないんじゃないかって。意味なんて、言葉がごちゃごちゃ折り重なった中から、何万トンの言葉の堆積から、じわじわとにじみ出て来るものなんじゃないのかって。腐ったゴミの山から黒い汁がしたたるみたいにね。

＊

なんでそんな見えすいた嘘を平気で言うのって、あいつによく言われたよ。嫁さんのことだけどさ。逃げられた嫁さんのことだけど。あいつからはよく言質をとられた。ああ言ったじゃないの、こう言ったじゃないのってね。ああ思ってたのに、こう思ってたのにって。それどういうことなのよって。どうもこうもないよって、俺が言い返す。また始まった、もう勘弁してくれよってね。おまえまた虫の居どころでも悪いのかって。またそんなふうにひとの神経のせいにするって、あいつが反撃する。卑怯だわって。だってそうじゃないか、毎回毎回、十年前からおんなじ話じゃないか。よく自分に飽きないもんだ。自分に飽き飽きしないもんだ。すごいよ。なぜあのときあんなこと言ったのよって、永遠のリフレインだよね。美しいよ。言いかたによってはね。メロディーでもつけたらどうだ。なああぜあのときいいって。あなたがそんな人だとは思わなかったわ。わたしの思い違いだったわ。何だって？思い違い？　思い違いだよたしかに。それがどうした。思い違いだよ。のっけからね。俺はおまえが思うような人間であったためしはないよ。おまえは俺を知らないし俺もおまえを知らない。さびしいことだけどさ。でもほんとはもっと大きな思い違いがあるんじゃないか。そんな思い違いで驚くことじたいがたいへんな、たいへんな思い違いなんじゃないか。テンションがにわかに上がってくる。俺自身が俺について思い違いの連続なんだから。もうほとほと手を焼いてるんだから。あなた最近おかしいわよって、みょうに低い声でね。冷えびえした感じで。まるで別人みたいって。おいおい、やめてくれよ、おまえ酔っぱらってんのか。

ドラッグでもやってんのか。ひとのこともっと謙虚に理解しようとしたらどうなの。とどめの一撃だ。おまえがそれを言うのか、おまえが。あきれるよ。あいた口がふさがらないよ。顔でも洗って出直してこいよ。あなたこそ何よ。偉そうに、何もかもわかってますって顔して、高みから人を見くだして。世間であなたのことどう見てるか知ってるの。つい手が出そうになる。口のまわりの骨を粉々に砕いてね。目だけの顔になって。もういいよって、からだが固くなってね。手がふるえて、寒くて、頭だけが熱くて。むちゃくちゃじゃないか。俺もおまえも。とくにおまえがって、すぐにへらず口をたたく。

復讐されるんだよ、ようするに。言葉にね。手ひどいしっぺがえしを受ける。俺とかあいつとか、そんなこと関係ないんだ。俺とかあいつっていうのはないんだ。わかるかな。そんなものとは別に、避けようのないものがあるんだよ。かつがれてるんだよ、ある意味でね。ぐちゃぐちゃにされてね。すっきり何ごともなかったかのように次の日を迎えるなんてできっこないんだ。いくら呆けてもね。表面ではできてもね。表面をならしたら今度は内側にもぐり込む。ぐちゃぐちゃがね。夢のなかとかにね。ビール瓶でひとを殴ったりね。空《から》だと思ってたビール瓶が栓が抜いてないやつで。急に重いのに気づいたけどもう遅かったっていう。それでズンってね。鈍いいやな音でね。

言葉ってのはじつは俺たちには手にあまる代物なんだと思う。人類もよくこんなもの使って、よくここまでやってきたよね。思い上がりだよ。とんでもない思い上がりだ。生とは反対の方向に進むって、わかるかな。変な言いかただけどさ。生きてるのとは逆方向にね。血液の自然な流れとか、細胞の自然な発育とかに逆らってね。少しずつ死ぬんだな。いや自分を殺していくんだな。人間的だって？　笑わせるなよ。足元をすくわれてんだよ。抵抗なんかできないんだ。そんな余裕なんかないんだ。始めからズルされてるんだよ。スタートからね。いやスタートなんてないんだ。始めも終わりもないんだよ。ずっと乗せられてるんだ。何にだか知らないけどさ。気がついたら乗せられてて途中下車はできませんって。走ってるほかないんだよ。だから、もっともっと速く走ろうとするほかないんだよ。せめてもね。しゃべりまくってね。しゃべりにしゃべって。負けたくないからね。いや勝ちようがないんだけど。なんていうか、いたぶられるのはいやなんだな。もてあそばれるのはね。無駄な抵抗だけどさ。どんどん深みにはまっていくだけでさ。少しずつ死んでいって。でもぜんぶ残るんだよ。なんらかの形でね。何とかの保存の法則っていうやつ。ごまかせないんだよ。こっちは相当ごまかしてるつもりでもさ。言葉どうしが衝突し合って、絡み合って、泥試合をやって、そこにできるひずみっていうの、ゆがみ、矛盾。そんなものがさ、ぜんぶこっちにふりかかって。残らずね。ミクロの単位まで。それが眉間に溝を刻んだりさ。額に細かな皺をつくったり。すごい数のね。胃に穴をあけたり、正常な細胞を癌細胞に変えたりさ。夢で脅かしたり。おい、ってね。ホームで電車を待ってるときに後ろから、おい、ってね。不意にね。忘れかけてるときに。それが結構こたえるんだよね。慣れてるようでもさ。寿命を縮めるっていう、あれだよ。泥棒が急に呼び止められるみたいなさ。殺人犯が警察に寝込みを襲われるみたいな。

長いこと生きてるとさ、三十年四十年五十年と、気が遠くならないか。目が眩まないか、考えただけで。よく生きてるよってね。おかしくなることもなくさ。ひとのことはどうでもいいんだよ。ほんとうはさ。よくわからないからさ。それより俺のことだ。俺と俺の関係だ。俺と俺の関係がいつもぎくしゃくしてて、うんざりするほどぎこちなくて。よく思うんだけど、人間の知性っていうのは、十年前の自分と今の自分とを比べることができるっていうこと以外にないんじゃないかって。厳密にね。客観的に、科学的に。もちろんそんなことできやしない。できたとたんふっ飛んでるよ。粉々になってね。でも真似ごとはやってる。みんなね。どうにかこうにかね。でもそれも長くは続かない。それでさ、不安になると、足元の地面にしがみついて、勘弁してくださいって、ゆるしてくださいって。地べたをなめるようにね。この半畳の地面だけをわたしにくださいって。ここだけでいいですから、ここが安心ですからって。そこで細々とね。内職やりながら。傘張りでもやりながらさ。封筒張りでもやりながら。古いメタファーだけどさ。メタファーというか、表現というか。

あいつによく言ったんだよ。三度の飯より猫が好きっていうあいつにね。まあ犬も好きだけど。タヌキも好きだけど。それはともかく、あいつによく言ったんだ。おまえが猫を好きなのは、猫はしゃべらないからなんだってね。猫は嘘をつかないからなんだって。わかってるのかわからないのか、わからないふりをしてるのか、あなたは猫のことをよく知らないからそんなこと言うのよって、端っから相手にされない。猫の表現力を、あの豊かな表現力を知らないからだって。そして例の話だ。百回聞いた話。卓袱台の魚に手を出そうとして見とがめられた猫がさ、差し出した手を引くに引けず、手をそのまま上にあげて蠅を追っ払うふりをしたっていう。いもしない蠅をね。真剣な目つきで。でも内心ちょっと恥かしいような、ちょっと照れてるみたいなね。いいんだよ、それでもいいんだ。美しい話だよ。でも百回も聞かされるとね。そのつど誇らしげにね。夢心地で。ついね。何だって？ってね。何だって？ ふりをする猫？ 照れる猫？ どこの世界にそんな猫がいるんだってね。照れてるのはおまえだろ、おまえのかわいいかわいい猫のためにおまえが代わりに照れてあげてるんだろうってね。何を証拠にそんなこと言うのって、あいつも負けちゃいない。あの小さな頭でって、あいつの口ぐせだ、あのかわいらしい小さな頭で一生懸命考えてるのよ猫だって。冗談じゃないよ、冗談いうんじゃないよ。おまえは言葉を使う人間の、言葉に囚われた人間の醜さにいい加減うんざりしてるから、ほとほと疲れてしまってるから猫を見てホッとするんじゃないか。心が洗われるような気がするんじゃないか。あなたこそ何よって、少しもこたえた様子はない。自分の理屈で何もかも判断しようとして。猫のあの表現力があなたに見えないだけじゃないのって、ぴしゃりとね。違うんだ、ぜんぜん違うんだよ。俺はそこで黙ってしまう。

ほんとう言うと、あいつが猫を好きなのは猫は逆らわないからなんだ。言葉で逆らわない。言葉で苦しめない。言葉であいつの嘘を暴いて責めたりしない。猫は嘘をつかないからっていうより、猫といると自分の嘘を見なくてすむからなんだ。あいつはよく猫に話しかけるけど、猫はいつも期待どおりの答えをくれる。あの目で、あの鳴き声で、あのしぐさで。猫にしてみればしたいようにしてるだけだろうに。猫って勝手だからね。あいつはいつも望みどおりの答えを受け取る。ときにはかなり強引にね。猫は都合のいい鏡みたいなもんで、欲しい表情をちゃんと返してくれる。淋しいときには慰めてくれるし、不安なときには寄り添ってくれるし、自信がないときには励ましてくれるし、怒ってるときには共感してくれる。理想的なパートナーだ。ぜったい裏切らないね。そう、ぜったい裏切らない。少なくともミッキーはわたしを裏切ったりはしないわって、俺の目を見ながらね。いや俺を見るのをわざと避けながら、猫を抱き寄せながらね。まるでひとりごとみたいに。それにミッキーにはわたしが必要なのよ、わたしがいなかったらどうなるのミッキーは。何をわけのわからないことを言ってんだよ。おまえこそ何を見てるんだよ。よく目を開いて見てみなよ、こいつのどこに。どうしてそんな大きな声出すの、こわがってるじゃないのミッキーちゃんが、ねぇ。あいつの手が猫の腹をなでる。

あいつには分かってるんだろうか。猫によってすら慰められない部分があいつのなかにもあるってことを。言葉が開いた傷は言葉によってしか閉じられない、しかも完全に閉じられることは決してないってことを。うすうす気づいてはいるんだろう。だってあいつが本当に落ち込んだら底なしなんだから。救いようがないんだから。言葉は事態を悪化するだけなのにあくまで言葉にこだわって、言葉を必死で紡ぎながらあいつはわけがわからなくなって血だらけになってしまう。自分が吐いた言葉の罠に自分ではまってしまって、抜け出そうともがけばもがくほどずるずると深みに落ちていく。それでもとにかく言葉なんだと、あくまで言葉が頭にひっかかってるらしく、そんなあいつは、なんて言ったらいいか、感動的だ。そのときだけは。本物なんだよ。そのおまえ、そのずたずたになったおまえは本物だって、そう、それでいいんだって、そう言って抱きしめてやりたくなる。それがあるから俺はおまえと別れられないんだって。じっさいに俺が吐く言葉はちょっと違う。あいつの肩に手をやって、身を固くしてうつむいているあいつの目の前で俺はこう言う。もういい、やめよう、休戦だ。誰だって休む権利はあるからねって。俺みたいなやつといるからなんだ、半分はね。俺がこうだからあいつがああなる。当然のことだ。休戦だって？　耳を疑うじゃないか。休戦？　冗談だろう。自分をなに様だと思ってるんだ。あいつが望んでるのは戦いの終わり、永遠の平和なのに、それを百も承知で、俺は平然と新たな戦いのための休息を提案する。いいかい、これには終わりがないんだよ、いつまでもいつまでも続くんだ、生きてるかぎりね、そう言わんばかりに。それが現実なんだ、おまえが見ようとしない現実なんだよ。あなたの現実なんてどうでもいい、現実がこんなにしんどいものなんだったらそんなものどうでもいい。でも俺に猫になれって言うのか。俺は毒づきかけるけど、あなたはわたしに教育しようっていうの、あいつも食い下がる。その結果がこれじゃないの、わたしはますます不幸になるばかりじゃないの。あいつの顔の空模様があやしくなる。おまえの言うのはもっともだ。

俺は早くも逃げ腰になる。猫になれるもんならなってみたい。あいつは聞いてもいない。

　しかし何であいつはこんなに不器用なんだ。言葉にやられてしまってるんだよ。いいようにやられてしまってる。相手は手ごわいんだ。もっと巧妙にならなくちゃ。もっと楽にして。そう、肩の力を抜いて。言葉なんて方便だって思えばいいんだ。大事なのは言葉との距離を適当に保つこと。遠すぎず、近すぎず、これだ。近づきすぎると火傷しちゃうからね。俺なんか反対についつい舞い上がっちゃって。調子がいいときにはね。ハイになって、ぺらぺらと、あとさき考えずにね。それこそあることないこと、無節操に、破廉恥に。利用できるものは何でも利用する。老いた母、別れた妻、死んだ子供、他人の不幸、何でもござれだ。そういうものがひとつひとつ、まるでタンスに吊ってある洋服みたいで、毎朝きょうは何を着ていこうかってね。どうしようもなく自由で、張合いがないくらい自由で、自由すぎて、不真面目で、軽薄で、口から先にってよく言うけど、まるであれ。言葉はモノを飾るためにあるっていうか、モノを映すんじゃなくてね。もちろんごてごて着飾るんじゃなくて、素材と配色を考えた趣味のいい組合せをね。ときにはひとりで鏡の前に立ったまままあでもないこうでもないって、ポーズなんかつくったりして。けっこう神経質でね。靴下の色ひとつでも気に入らないと電車を途中で降りてでも家までひきかえして履きかえる。バランスの問題なんだ。それがちゃんとしてないとどうも落着かなくてね。あとあとまで悔いが残るからね。逆にうまく決まったときの爽快感、身の軽さ。俺ってそれに一度着た服はすぐに捨てたくなる。ちょっとでも手垢がついたり皺になったり形が崩れたりしたらもう放ってしまいたい。毎日買いたての服が着られたらと思うね。おろしたてのパリパリのやつが。着てて気持ちいいからね。それに見てるやつを飽きさせないためにね。聞いてるやつを飽きさせないために。どうせ言葉みたいなもの、替えはいくらでもあるんだ。掃いて捨てるほどある。金がかかるわけじゃなし、取っかえ引っかえどんどんやりゃいいんだ。

とにかくみっともないのが嫌でね。不細工なやつって耐えられない。あいつらだよ。「偉いさん」たちだ。あいつらときたら、鼻の頭に汗をためてね、口をとがらせて、そんな器用なこと、そんな思い切ったことともって。あなたはいいですね。そんなに軽く考えられて。それにお上手で、いや弁がお立ちになってってって。思いきり皮肉を込めてね。俺は言うんだよ、そんなに深刻になることないんじゃないのって。そんなに深刻になることないんじゃないの、言葉は言葉じゃないか、楽しくやろうよってね。俺はそのうち狼少年って呼ばれるようになって、右から左に奔走しながら、自分のついた嘘に合わせて現実のカードを一枚一枚めくっていく。そのうちそれで間に合わなくなったら、いっさいを放り出して逃げる。性懲りもなく嘘をわめき散らしながらね。ただついた嘘の量に比例したスピードで走らないといけないから、だんだん速く走ることになる。かくして俺は自分の嘘と駆けっこしながら全速力で疾走し、時速二百五十キロに達したところで力尽きて倒れる。そのあいだ数百の市町村を転々としたという。ある町で嘘が通用しなくなると別の町へ移るというふうに、嘘はそのまま現実のほうを都合するというやりかたをとったからだ。狼少年の宿命ではある。別の町、新しい町、処女の町。彼はいまだ汚されていない地平を目の前にするたびに微笑を禁じ得なかったという。いうまでもなく死ぬ前の彼はもはや狼少年ではなく狼老人だった。彼の人生はそれは華やかなものだったろう。毎日がお祭りだっただろうからね。言葉のお祭り。毎日晴れ着を着てね。まるでピエロだって言うやつもいたけど、彼はいつも胸を張って、厳粛な表情を決して崩さなかった。逃げる直前まではね。晴れ着ばかりじゃない。ときにはうらぶれた、いかにも哀れな格好をして少女たちの気を引こうとした。彼のテクニックだけは素直に褒めてやるべきだろう。娘を奪われた親たちもさすがに口には出さなかったがその点だけは認めていたはずだ。じじつ抗議に行った母親までが魅了されて帰って来るというようなこともあった。帰って来ない母親もいた。彼の舌はまったく手のつけようがなかった。彼にかかると言葉はあらゆるものに早変わりした。あるときは凶器に、あるときは音楽に、あるときは毒薬に、あるときは美酒に、あるときは猛獣に。彼こそは言葉の魔術師だった。脅す、くすぐる、たたく、突く、つかむ、撫でる、なめる、噛む、しゃぶる、揺さぶる、突きはなす、押さえる、ひっくり返す、持ち上げる、切り裂く、いたぶる、締め上げる、彼は言葉でなんでもできた。もちろん自分を否定することだってね。二重に否定すると人間は生きかえる。三重否定でふたたび沈み、四重目でまた息を吹きかえす。そんなことにも精通していた。死んだふりをする名人でもあった。死んだ彼のまわりに心配して人が集まると、大勢集まったことを薄目をあけて確かめてからおもむろに立ち上がり死後の世界について語りはじめるのだった。一度死んだのだからそれは説得力があった。しかし彼が死にまねをはじめるとそれはもう彼の逃亡がそう遠くはないことの証だった。

死は嘘の最終領域だからだ。「死んだふりまでして」、平和な家庭では父親が誘惑を免れた娘と妻に苦々しくそう言った。「死んだふりまでして」、例の臆病者たちはとうてい誘惑されそうにない妻や子を前にして吐き捨てるようにそう言った。この頃になると群衆に紛れてかならず私服刑事がひとりふたり彼の動静をうかがっていた。しかし彼が恐れていたのは立件しようのない罪状でも私服たちの平たい顔でもなかった。ほとんど修復不可能なほどに深刻化した言葉と現実との乖離でもじつはなかった。それは逃げれば済むことだ。いちおうは済むことである。つねにより速く、より遠くへ逃げることを強いられようとも。じじつ逃亡直前の彼には目がうつろになる瞬間があった。駿馬のように足で地面を蹴る瞬間があった。しかし何人がそれに気づいていたろう。いや彼がもっとも恐れていたのは、何と言ったらいいか、言葉の自家中毒のようなものだった。彼にすらそれを避けることはできなかったと言うべきだろう。ぎりぎりの自家中毒、それは生やさしいものではなかった。それはじつに激烈だった。それまで完璧に抑えられていた大量の毒がほんの些細なきっかけから一気に体内を駆けめぐるのだった。ほんの些細なきっかけ、少女の微笑、家と家のあいだに落ちる陽の影。そんなとき彼は病んだ猫のように暗がりを求めてうずくまり、じっと時間の経つのを待った。中毒は短いときで三日、長いときには三ヶ月も続いた。晩年の彼には往年の威厳はもはや見られなかった。奇言が目立つようになり。俺はイギリス人だと言って涙ぐんだり、誰彼かまわず握手を求めたりした。タガが緩むとはこのことだった。調節機能が狂ったらしかった。嘘には嘘なりに調節機能というものがあるのだ。奔走の末倒れ彼が本当に死んだとき、それを信じる者はひとりとしていなかった。おそらく彼自身も、脳が完全に停止するまでそれを信じてはいなかったろう。ただ彼は最期にこう言った。俺のからだが、俺のからだが本気で死にまねをはじめやがった、くく、くそっ。

放蕩だよ、言葉の放蕩。払うものは払ってるんだ。どうせ払わされるんだよ。そうできてるんだ。それは逃げようがないんだよ。上手にできてるんだ。それくらい俺だってわかってる。あいつらが勝つんだよ、結局は。長い目で見ればね。ただ俺にはこうしかできないんだ。言葉とまともなお付き合いができないんだ。ようするに、ふつうの、当り前のお付き合いができないんだ。言葉が残ってね。しつこく残って。言葉の顔がね。言葉の殻が。消化不良の胃袋のなかみたいに。意味もないのに、味もないのにね。殻ばっかりが。接続詞とか助詞とかがね。冠詞とか前置詞が。噛んでも噛んでも溶けない安物のミノみたいにね。そればっかりが気になってね。下痢でも起こすんじゃないかって。この接続詞はまずいんじゃないのって。俺が言うのもなんだけど、接続詞が途方に暮れてますって。「途方に暮れた接続詞」か、いい表現じゃないか。この助詞は許せないって、この助詞をどうにかしてくださいって。ああそう、女子だったらどうにかしてあげられるんだけど、悪いねって。

あいつは真面目すぎるんだ。生真面目すぎるんだ。俺と違ってね。親父と違って。そう、俺がおかしくならないのは案外親父のおかげかもしれない。いいこともあるんだ。いい加減さの効用ってのもね。いい加減なやつはいつも逃げ場を用意してるからね。本能的にいつもどこに逃げたらいいか分かってるんだ。あいつみたいにやみくもに、行き当たりばったりに、真っ逆さまに奈落に落ちていくことはない。あいつは頭のなかで突然サイレンが鳴るんだ。救急車のサイレンがね、けたたましいやつが。それで怖がるんだ。パニックになって、いても立ってもいられなくなって、救いを求めようとする。それがだめだと分かったら、にわかに攻撃的になる。つっかかってくるんだ。なんでわたしがこんな目にあわなきゃいけないのよ、なんでわたしばっかりがこんなに苦しまなくちゃならないの。こうした言葉はきわめて堅固である。いいか、怖がることなんてないんだ。ぜんぶおまえの頭がつくり上げたことなんだ。おまえの妄想なんだ。じっさいに起こってることじゃないんだよ。現実の世界ってのは大したことは起こらないんだ。ふつうのことしか起こらないんだ。いいか、ふつうのことだ。ぜんぶふつうだ。人が寝て起きて会って話をして、それだけだ。ドラマはないんだよ。現実にはドラマもホラーもないんだよ。鬼みたいな人間なんていないんだ。みんな適当にやさしくて適当に意地悪なだけだ。敵も味方もないんだよ。おまえが想像するようなおどろおどろしいことはどこにもないんだ。現実の素顔ってのはうんざりするほど平板なんだ。面白くもなんともないんだよ。だからおまえの気持のもちようなんだ、大事なのは。おまえにかかってるんだよ。俺が何をしようと関係ないんだ。それに俺のすることなんてたかが知れてるんだ。いやなことは想像しないことだ。どうせろくなことないんだから。どうせまちがった想像なんだから。俺が何をしてるかとか誰といるかとかは考えないことだ。いいか、おかしくなるってのはな、突然発せられる大声の記憶とか、急に表情がゆがむ顔の残像とか、そういったものが引き金になるんだ。ベーコンの絵にあるゆがんだ顔だよ。サイレンが鳴るんだ。でもそんなものに負けちゃいけない。雰囲気だ。空気みたいなもんだ。ひえびえした、忌まわしい、目がまわる、目がまわる、どうしたらいいか分からない、立っていられない、耳がきこえない、ボワーンっていう音だけがして、こわい、あなたにつかまって、かじりついて、痛いくらいに腕をつかんで、でもあなたは遠いの、遠い遠いところにいるの、わたしはどこにいるの。おい、しっかりしろよ、ちゃんと目を開けるんだ、俺はここにいるよ、どこにも行きはしないよ、どうしてそんなに強く握るんだよ。どうしてあなたはいつもそんな風に逃げ腰なの、どうして逃げようとするの、誰か待ってる人でもいるの、どうしてそんなに急いでるのよ。また始まった、いい加減にしろよ、妄想だよ、妄想。いつもわたしのせいにして、わたしをこんなにしたのはあなたじゃないの、あなたのせいじゃないの、それに人生にドラマなんてないなんて、笑わせるわ、あなたはなんとかドラマをつくろうとしてるじゃない、そうじゃない、退屈な人生だからドラマでもないとやり切れないって、そう思ってるじゃない、思ってるだけじゃなくて、じっさいにドラマをつくって、人を喜ばせて、女を喜ばせて、自分もそれに生きがいを感じて、よくいい加減なことが言えるわね、ドラマなしじゃ生きられないのはあなたの方じゃないの。それとこれとは違うんだよ、「それとこれとは」って、おかしいよね、もういいから、なんか食べた方がいいんじゃないか、少し眠った方がいいよ。ごまかさないでよ、ちゃんと答えなさいよ、あなたは卑劣だわ、わたしを眠らせといてどこに行こうっていうの。また始まった、いい加減にしろよ、いいか、だったら言うけどな、ほんとうのところおまえはそれを欲してるんだよ。どういうこと？　いやな想像をすることを欲してるんだよ、自分を痛めつけることを欲してるんだよ、ようするに死ぬことを欲してるんだよ。

最悪の事態に備えるって、わかるかな。いちばんつらい、いちばん堪えがたいシーンを想像するんだ。それを何度も何度も反芻して。慣れるんだよ。不感症になるまでね。そしたらもう怖いものなしだ。小心者の戦法だけどね。俺とか親父の、いやしい人間の戦法だけど。あいつはうすうす気づいてたんじゃないかな。このいやしさに。このいやらしさに。助平根性に。まだ付き合いはじめたころのことだけど、一度あいつがバイト先の上司の友達とかいう男とデートしたことがあった。フレンチおごってもらったって、あいつは喜んでたけど、よくわからない関係だった。そもそもなぜデートすることを承諾したのか、それがわからなかった。デートじゃないよってあいつは言ってたけど、二十も離れた男が食事に誘うって、デートに決まってるだろ、ていうか、やりたいからだろ、それ以外にないだろって、まあそこまで露骨には言わなかったけど。そのころはまだ遠慮があったからね。でもそんな意味のことを言ったら、でもバイト先の関係だから無碍には断れないよって、もっともらしい、でもよくわからない答えが返ってきた。それでどんな話したの？　いつ？　食事しながらだよ、だってそれしかないだろ？　いろいろ聞いてもらったよ、大学のこととか、彼氏のことか。俺の話もしたんだ。まあね。そこまではよかった。俺もそんなに悪い気はしなかった。じっさいはどんな感じだったのか、よくはわからないけどね。でも問題はそのあとだ。食事が終わってからだ。俺はその晩、十二時まで待って、電話がなかったから、俺から電話したんだ。何度かね。でもあいつは出なかった。よくあることだったからあんまり気にしなかったけど、でも一時になり、一時半になって、だんだん不安になってきた。ちょうど大学に出すレポートの締切りの時期でね。ぜんぜん集中できなくていらいらしてたら、二時ちょっと前にあいつから電話があった。いま帰ったばかりだって。そのときはあんまり話はしなかった。なんか安心したのと、あいつもけっこう酔ってるみたいだったからね。どうだったたって訊いたら、楽しかったたって、それだけだ。そうかそうか、それはよかったねって、それで電話を切ったんだ。詳しい話を聞いたのは数日後の晩に会ったときだ。あいつからは話が出なかったから、俺が水を向けたんだよ。何気なくね。軽い感じで。ところでこないだのデート、どうだったの？　どんな話したのってね。フレンチどうだった？　あのシェフけっこう有名だよね、今度別の店出すらしいよって。ぐるぐる回り道しながらね、でもちょっとずつ核心に近づきながら。

二人で白一本と赤二本か、すごいね、やるね。ラスト・オーダーが十一時半？　遅くまでやってるんだね、うれしいね。それで閉店までいたんだ。そうかそうか。で、そのあとどっか行ったの？　送ってもらった？　車で？　そんなに飲んだあとで？　それやばくない？　まあね、たいした距離じゃないからね、そうかそうか。でもそれにしては時間がかかったんだね。帰ってきたの二時ごろだろ？　一時半？　あそうか、そうだよね。でも店を出たのが十二時半として、え？　途中でドラッグストアに寄った？　駐車場で車とめて、そこで話し込んだ？　駐車場で？　車に乗ったまま？　口説かれた？　え？　ちょっと待って、ちょっと待ってよ。ほんとに口説いてきたの？　どんなふうに？　きれいだって？　そりゃそうだろ、そう来るにきまってるよ。男ってそういうもんだよ。そんなのはじめからわからなかったの？　いや、誘われたときからさ。お友達？　そんなわけないだろ。そんなの本気で信じてたの？　俺の話もしたのにって？　そんなの関係ないよ。なんの関係もないよ。男なんて考えてることはひとつだよ。触られた？　ちょっと待ってよ、ええっ、いつ？　どのタイミングで？　どこ触られたの？　膝に手を置いてきて？　運転中ずっと？　そうだろうね、まさかね。右手で？　ああそうか、そうだよね、左ハンドルだもんね。右手だよね。ベージュのワンピース？　ええっ、あれ着てたの？　あんな短いの？　それで？　いやそのあとだよ。いやその前だよ。飛ばさないでよ。忘れた？　もう忘れた？　そんなわけないだろ？　ちょっとだけ？　何が？　何がちょっとだけなの？　どこを？　下着の上から？　そうだよね。そんなわけないよね。キスした？　ええっ、キスしたの？　はじめて会ったやつと？　酔ってた？　いくら酔ってたって、キスとかする？　キスはないんじゃないいくらなんでも。それでどんなキスだったの？　いや、舌入れてきたとかさ。キスにもいろいろあるじゃない。いやそんな意味じゃないよ。いや、ただ訊いてるだけだよ。いい悪いの問題じゃなくてさ。ただどんな感じだったのかなって。そうだよ、もちろんだよ。自由だよ、好きにしたらいいよ。え？　うざい？　そいつが？　俺が？　俺がうざい？　しつこい？　俺がしつこい？

あとでわかったことだけど、あのときあいつがデートした相手は、バイト先の「上司の友達」じゃなくて上司だった。それはともかく、俺はそうやって美しいものを頭のなかで無理にも汚していくんだな。そうしないと気がすまないって感じでね。安心できないって感じで。性急に、追い立てられる感じで、取り憑かれたみたいになって。美しいもの、ひりひりするような、刺激の、昂奮の源泉だ。美しいものは、そんなことしないでも、いずれ色褪せていくんだよ。そういう運命なんだ。でも俺はそれを自分から潰していくんだ。その生き血をたっぷり吸って、吸って吸って吸いまくって、干からびるまで吸い尽くしてね。そうして新しい「美」を漁っては、次々と潰していく。それで、気づいてみたら美しいものはもう何も残っていない。自分の身を守るためにこんなことやってたはずが、結局は自滅の道なんだよね。ちょっとまてよ、何の話してたっけ？

＊

結婚十年目くらいから、俺とあいつはひどい喧嘩をするようになった。目も当てられない喧嘩をね。いがみ合い、罵り合いだ。お互い大酒飲みだったから、最後はもみ合い、もつれ合って、わけがわからなくなった。起きたらいろんなところに痣ができていた。傷やら痣やらね。手を出したわけじゃない。そのかわり思いきり壁を殴ったり、テーブルを蹴ったりした。あいつも負けてはいなかった。いろんなものを投げられた。クッションとか、コーヒーカップとか、ヘアブラシとか、半分空いたチップスの袋とか、ブラジャーとか。おかげで家の床はいつも物だらけ、破片だらけだった。壁にはいくつも大きな凹みがあった。でもそんなことどうでもよかった。そんなこと気にしないという点で、少なくともその一点で、俺たちはあいかわらず強力なカップルだった。荒涼とした感じ、殺伐とした感じはまったくなかった。あいつは、むくれても、毒づいても、まるでハリウッドの映画スターみたいだった。表情にも、しぐさにも、立ち居ふるまいにも、圧倒的な存在感があった。

あるとき、何かが大きく変わった。俺があいつにはじめて殺意を抱いたときだ。でもそれだけが原因じゃない。いろんな出来事と状況の重なり合いだ。ものごとが変わるときというのはそういうものだ。あと一滴たらしたらコップの水があふれて、もう元には戻らない、俺たちはそんなところまで来ていたような気がする。

きっかけはドライ・マーティニだった。満月だったことも関係あるかもしれない。鎌倉にある美術館に車で行ったときのことだ。帰る前に一杯やろうということになって、ちょうど美術館の隣のビルにあったバーに入った。あいつはドライ・マーティニ、おれは運転するのでジンジャーエールを注文した。あいつがドライ・マーティニを注文したときからなんかヤバイなと思っていた。あいつはドライ・マーティニを飲んだあとはきまって荒れるからだ。ドライ・マーティニは鬼門なんだ。あいつは一杯目を一気に飲み干して、二杯目、三杯目と頼んだ。すでに目が吊り上がっていた。俺はあいつの腕を引っ張るようにして車にもどった。突っかからないと気がすまないときってあるよね。毒づかないと、吐き出してしまわないと気持が収まらないときって。理由はよくわからないんだけど、だれに、何に腹を立てているのかもよくわからないんだけど、そういうときってあるよね。あのときのあいつがそうだった。俺はそんなとき、五回に一回くらいしか応戦しないんだけど、運悪くあのときの俺がそうだった。たまたまだ。完全に戦闘モードだった。来るなら来い、徹底抗戦してやるからってね。なんなら先制攻撃してやるよぐらいの。だってそうだろ、吹っかけるのはいつもおまえだろ。おまえが機嫌を悪くして、俺に当たって、それに反論したら今度は逆ギレして。きっかけはいつもおまえじゃないか。おまえがいつも始めるんじゃないか。うるさい、ってあいつが言った。うるさいは黄信号だ。議論の放棄だ。タンスとかソファとかいっさいがっさいをこっちに放り投げる、そんな行為だ。うるさい、黙れ。あいつが俺に黙れって言ったのはこのときが初めてだった。ちょっと黙ってくれる、じゃなくて、黙れ、だ。男の声だった。

俺はぞっとして、とうとう来たかと思った。

海沿いの国道はひどい渋滞だった。日曜の夕方で、赤いテールランプが見渡すかぎり続いていた。日が暮れかかっていて、右手上方に満月が浮かんでいた。俺は国道を諦めて脇道に入った。まだカーナビなんてなかったから、道路標識だけが頼りだった。左に入って、次を右に曲がろうと思ったらなかなか曲がれるところがなくて、やっとあったと思ったらそれが斜めに折れている川沿いの道で、それをずうっと行って右に曲がったらもうわけがわからなくなった。見たこともない風景で、しかもやみくもに曲がりつづけたら何遍も同じところに出てきた。淋しい交差点にね。商店も何もない、暗い交差点だ。地球上にこんなところが存在することじたいがおかしい、許せないと思った。いったいだれがこんなところに住んでるんだ。ありえない。汗がどっと噴き出した。しばらく黙っていたあいつが口を開いた。はじめっから高速に乗ってたらこんなことにならないですんだのに。だったら始めっからそう言えよ、なんにも言わなかったじゃないか。言ったじゃないの、よく言うわね。ひとの話をちゃんと聞いてないからじゃない。わたしの話なんかどうでもいいって日ごろから思ってるからじゃない。また事実を曲げる。あとになってから都合のいいことばっかり言って。それおまえのパターンじゃないか。おまえはいつもそうじゃないか。いつも事後的に過去を塗りかえるんじゃないか。どうしてそんな風に決めつけるのよ。あなたはいつも自分が正しいと思ってるのね。あなたは完全なのね。いいわね、すごいわね。

俺は車を道路脇に停めた。そこまで言うんならおまえが運転しろ、勝手に帰れって、車から出て、ドアをバタンと閉めて、夜道を歩きはじめた。そしたらすぐにあいつがついて来た。俺がどんどん歩いていくとあいつも後ろからぴったりついて来た。車にもどってよ、バッグも何もかも車に置いたままだからとにかく戻ってよって。なんて理屈なんだ。おまえらしい、いやらしい、都合のいい理屈でひとを引きとめて。おまえだけもどればいいじゃないか。そのときあいつが俺の腕をつかんだ。びっくりするような力だった。俺は振りほどこうとした。何度も振りほどこうとした。あいつはそのたびに力を込めて握り返してきた。俺をじっと見ていた。酔っぱらった目で、荒い息を吐きながら、じっと見ていた。一種の覚悟を感じさせるような目だった。俺はもう見さかいがなくなって、とにかく腕をつかまれているのがいやでいやで、とにかく解放されたくて、あいつを思いきり突き飛ばした。両手で胸を押しやる感じでね。思いきりね。そしたらあいつは後向きに吹っ飛んでいって、たまたまそこにあったコンクリートの電柱に頭をガツンとぶつけて、そのまま崩れ落ちた。

あとはもう切れぎれの記憶しかない。すぐに救急車を呼んで、横浜市内の病院の救急外来に向かった。頭を動かさないようにと、救急隊員がしきりに指示していた。病院では、傷口の縫合のあと、あいつは集中治療室に入れられた。意識が混濁しているようで、ときどき譫言めいた言葉を発していた。吐き気もするらしかった。CT検査の結果、脳挫傷と診断された。重篤かどうかはまだ判断できないとのことだった。首のレントゲンもとったが、首の骨は折れていないと言われた。

二日後、意識がほぼ回復したあいつはまるで別人だった。病室に入ってきた俺を見るなり「人殺し！」と叫んだ。こっちに来ないで、寄ってこないでと、困惑する看護婦を盾にするようにして俺を追い返そうとした。あいつの兄も来ていて、睨むように俺を見ていた。しかたなく廊下に出て、長椅子に腰かけていると、担当医がやってきた。容態を訊くと、詳しいことはお兄さんに話してありますからと言って行こうとするので、食い下がると、幸い脳へのダメージはなさそうだが、これればかりは時間が経ってみないとわからない、いずれにしても外傷がひどいのでしばらく入院してもらって様子を見たいと言って病室に入っていった。しばらくすると、K警察署の者ですがと、四十がらみの男がやってきた。刑事だった。事情を聞きたいので署まで同行してほしいとのことだった。署ではあいつが怪我するにいたった経緯や俺たちの関係についていろいろ訊かれた。俺の職業や収入についても質問された。奥さんは告訴するつもりみたいです、いまは警察に接近禁止の命令を出すよう求めておられるので、とりあえず近づかないようにしてくださいとも言われた。

あいつは本気だった。本気といえば、あいつはいつも本気だったけど、それをこんな機会にも発揮するとは思いもよらなかった。被害感情が膨張して、一種の社会的責任意識と奇妙な形でつながった、そんな感じだった。キーワードは「家庭内暴力」、しかも殺人まがいのDVだった。民事的解決を勧めて、告訴の受理をしぶった警察が結局押し切られたのもそのせいだ。外科医をしているあいつの兄がそうとう入れ知恵しているようだった。俺は告訴され、逮捕・送検された。あっという間だった。検事はあいつのことを「奥さん」ではなく「被害者」と呼んだ。結局、二十日ほど拘留されたあと、傷害罪で起訴され、その二日後に保釈されて、裁判を待つ身となった。この間、会社はいちおう休職扱いしてくれたが、説明するのが面倒くさくなって自分から辞めた。他人がどう思おうとどうでもよかった。

裁判での争点は俺の殺意と日常的な暴力の有無だった。量刑がそこにかかっているらしかった。しかし殺意があったんじゃないかと言われてみれば、たしかにそう言えなくもなかった。事前にわかっていたことだが、若いのに頭頂部の禿げた検事が、かなりえげつない追及をしてきた。あなたはその電柱はたまたま後ろにあったと言いますが、被害者の話ではあなたはわざわざ電柱の方に被害者を誘導したそうじゃありませんか。それは違います。そして被害者の頭を両手で挟むように持って電柱に打ちつけたそうじゃないですか。それも違います。それではお訊きしますが、その直前、あなたが被害者におまえなんか死んでしまえと言ったというのは事実ですね。死んでしまえとは言っていません、死ねと言いました。弁護士があわてて介入した。裁判長、被告人はそれを発作的に口にしただけです。よくある罵倒の言葉です。それを殺意に結びつけるのは恣意的解釈です。弁護士は禿げてはいなかったが、おそろしく太った男だった。彼はあきれた顔で俺を見ていた。たしかに事前の打ち合わせでも彼から釘を刺されていた。三上さん、いいですか、そうでなくてもこっちに不利な材料はいくらもあるんだから、奥さんに後遺症が残りそうだとか、あなたに愛人がいるとか、だからせめて殺意だけはきっぱりと否定してくださいよ。殺意はありました。瞬間的にはあったと思います。だからね、三上さん、そんなものよくわからないことなんだから、それはおいといて、そこまで追いつめられたあなたの心境だとか、相手の非常識な言動だとか、それを強調するんですよ。それをあなたときたらドライ・マーティニだの満月だのって、カミュの小説じゃないんだから。いいですか、公判っていうのは戦場なんです、真理じゃなくて勝ち負けの世界なんだ。どうせあなたは有罪です、でもせいぜい食らって一、二年、初犯だから執行猶予は堅いでしょう。でも油断しちゃいけません。相手はどういうわけだか徹底して戦う構えです。奥さんのお兄さんを代理人に立ててね。

検事は家庭内暴力がれっきとした犯罪であることは国内外の世論の趨勢からいっても明白でありましてと言った。しかしそれにもまして顕著なのは被告人の日常生活にすでに見受けられる一種の反社会性でありましてとも言った。「それにもまして顕著」というのは前後のつながりからいっておかしいような気がした。そうか、この人たちは「家族」や「社会」や「正義」といった言葉を大まじめに使う人たちなんだとも思った。ただ彼らの言葉は、粗雑ではあったが、それなりに重みのある、生きた言葉だった。彼らの縄張りでは、生きた言葉だった。でもこの世界ぜんぶが彼らの縄張りのようにも思われた。彼らの「本気度」を甘く見ていた。俺が弱っていたせいもあるかもしれない。眠れない日々が続いたせいで、俺は心身ともにボロボロだった。いずれにしても反社会性の烙印はけっこうこたえた。これは予期していなかった。

あいつの精神科医までが検察側の証人として立った。これは痩せぎすの男だった。その、先生のおっしゃる被害者の鬱病ですが、ほぼ二年前からの鬱病ですね、その責任ははっきり言って誰にあるんですか？　責任というより原因ということでしょうが、さまざまなファクターが複雑に絡み合っているので、それが誰にあるとかそういう言いかたはむずかしいですね。しかし被害者が被告人の浮気の発覚を契機に発病したことは明らかなわけでしょう？　もっとも被告人の不貞の事実はそれ以前からあったわけですが。時期的に符合していることは確かです。先生のお考えでは、被害者の病気のような場合、その回復には夫の協力が不可欠であると、そういうことですね？　非常に重要であることは間違いありません。ところが被告人はなんの配慮も示さなかったのですね。平然と浮気も続けたし、夫らしい態度はこれっぽっちも見せなかった。はなはだしいのは、被害者の不幸な状態にまさに追い討ちをかけるように離婚を迫り、病気なんだからもう少し良くなるまで待ってほしいという被害者の願いをよそに一方的に別居同然の生活を始めた。自分が病気にしておいてですよ。もっとも別居同然の生活というのもそのときがはじめてではなかったわけですが。あいつが検事の口を借りて話しているかのようだった。

あいつは、退院後、家には帰らず、都内に住む叔母のところで静養していた。俺はあいつに会うことはもちろん、電話をかけることも禁じられていた。弁護士からも勝手に話をしないでくれと言われていたが、あいつからは衣類や金のことで何回か電話があった。あいつは用件だけで切り上げようとしたが、あいつの声を聞いた俺は気持が収まらなかった。ちょっと待てよ、おまえはこれでいいのか？　あの糞検事とかおまえの兄さんとかがおまえの代わりにしゃべってるんだ。俺たちの関係とか、昔の生活とか、おまえの気持とか、俺の生き方とかについてね。あいつらがおまえの味方だと思ったら大まちがいだ。おまえのことなんかぜんぜんわかってないんだ。俺を有罪にしたいだけなんだよ。できるだけ重い罪を着せてね。おまえはそれでいいのか？　それがおまえの望むところなのか？　あなたこそ何を寝ぼけたこと言ってんのよ。わたしにだってそんなことぐらいわかってるわ。わたしはあなたが思ってるほどナイーヴでも無知でもないのよ。わたしはあなたに復讐できりゃそれでいいのよ。ひとがどう思おうと、検事がどう言おうと、わたしを傷つけたぶんあなたを懲らしめたら、苦しめたらそれでいいの。どうせもう別れるんだから。別れるほかないんだから。そうでしょ？　わたしだけが傷つけられて、ズタズタにされて、捨てられて、どうして泣き寝入りしなくちゃならないの？　それじゃあ割に合わないじゃないの。あんまりじゃないの。でも俺はおまえが二度も包丁を持ち出して俺を待ち伏せしたことがあるってことは言わなかったぜ。おまえこそ俺に殺意を抱いたことがあるってことはね。言えばいいじゃないの。言いたかったら言えばいいじゃないの。そんなもの誰も信じないわよ。あなたこそ何もわかってないのよ。もう全面戦争だってことがわかってないのよ。嘘でもなんでも、言ったほうが勝ちなのよ。あなたは滑稽だわ。言いたいことも言えずに、びくびくして。

　二回目の公判にあいつは証人として出廷した。あいつの供述調書を証拠として採用するのを弁護士が拒否したからだ。あいつは黒いベレー帽を被り、透明人間みたいに顔に繃帯を巻いていた。繃帯のあいだから見える目が異様に坐っていた。以前にも家で暴力をふるわれました、ほんとうにおそろしかったですとあいつは言った。繃帯だらけの顔で言うのだからそれは説得力があった。ありえなかった。あんまりだと思った。俺は拳をふり上げて殴るふりをしたことも、クッションを投げつけたこともあるけど、じっさいに殴ったことは一度もない。手で腕を押しやったことは何度かある。思いきり足蹴にしようとしたこともあるけど、ぎりぎりで踏みとどまった。俺が殴ったのはいつも壁だった。ドアだった。モノだった。家を調べてくれたらわかるだろう。凹みだらけだ。傷だらけだ。破片だらけだ。動かぬ証拠とはこのことだ。壁の凹みがいつか味方してくれるとは思わなかった。壁を殴っていたからって、人を殴っていなかった証拠にはなりませんよ。頭のなかで検事がしゃべっていた。逆ですよ。そこまで執拗に壁を殴っていたんなら、十回に一回くらいは人に手が伸びそうですよね。それが自然な推理というものじゃないでしょうか。一度や二度じゃないんです。十回も、二十回も暴力をふるわれました。DVは日常化していたと、そういうことですね。そうです。

俺の頭に血が上った。あいつの数字はむちゃくちゃだ。一がすぐ十になり、十がすぐ百になる。なんでも大げさなんだ。そのことで何度喧嘩したかしれない。「繃帯をとれ!」俺は思わず叫んでいた。傍聴席がざわついた。おまえこそなんだ、大げさに繃帯なんかしやがって。どうせ見せかけなんだろう。いつもの手だろ。大げさにしやがって。繃帯をとれ! 顔を見せろ! 繃帯をとれ! 裁判長が身を乗り出して俺に注意した。

そのときだった。一瞬、あいつが黙った。不自然な沈黙だった。あいつの視線は傍聴席の端の一点に向けられていた。繃帯の下で、あいつの形相がみるみる変わっていくのがわかった。肩が小刻みにふるえ、目が引きつれたみたいになっていた。俺は自分の目を疑った。あいつの視線の先に俺の愛人がいたのだ。ノーメイクで、無表情で坐っていた。彼女がそこにいることを俺は知らなかった。「出ていけ!」あいつが金切り声で叫んだ。何しに来たんだよ。おまえなんか出ていけ! 出ていけぇえ!

数日後、弁護士に呼び出されて、あいつが示談に応じると言ってきたと知らされた。弁護士は苦笑いしながら言っていた。いやあ、今回は参りましたよ。どうなることかと思いました。一方は繃帯をとれ、もう一方は出ていけですよ。法廷でですよ。私も三十年弁護士やってますけど、あんなの見たのははじめてです。あれで執行猶予は吹っ飛んだと思いましたよ。

見ました？　あなたが出ていけって叫んだとき、あの助平検事が思わずニヤニヤしてたの。でもよかったです。まあ無罪放免とはいきませんが、これで刑は軽くてすむし執行猶予も堅いでしょう。でもどうも腑に落ちないな。厳罰を求めるってあれだけ息巻いてたのに、ここに来てなぜ急に示談する気になったんですかね。

理由は俺にもわからなかった。あいつとはこのあとまったく連絡がとれなくなったから、結局はわからずじまいだった。でもひとつだけ思い当たるふしがあった。それはあいつ自身がおかした犯罪だった。正真正銘の犯罪。あいつはそれをバラされるのが怖くなって示談する気になったんじゃないかと思う。ずいぶん昔のことだから当時でももう時効になってたはずだけど、公にされるのがいやだったんだろうね。自分に不利な話にはちがいないからね。俺がそんなものバラすはずないのにね。だって俺自身にも降りかかってくる話だから。たぶん疑心暗鬼になってたんだろう。それで急に弱気になったんだな、きっと。

もう二十年近く前のことだ。年の暮れだった。新宿を二人で歩いてたんだ。映画観て、飯食って、その帰りだった。日曜日の夕方だったからすごい人でね。地下鉄の入口に向かって歩いてたんだけど、途中で路上ライブをやってる二人組の男の子がいた。背が高いのと低いのが、二人ともギターを抱えて、ハモりながら歌ってた。それがびっくりするほどうまくてね。このあとすぐにメジャーデビューして有名になったから、名前を聞いたら知ってると思うけど、当時からもうプロ顔負けの腕前だった。彼らの周りには何重にも人だかりができていて、俺たちもそこに混じって二、三曲聴いたんだ。けっこういい気分でね。まわりの観衆も、リズムに合わせて体をゆすったり、サビの部分をいっしょに歌ったり、みんなノリノリだった。途中、あいつが急にしゃがみこんだ。何をするんだろうと思って見ると、すぐ目の前にいた子供の頭をなでたり、抱き寄せたりしてるんだ。何かしゃべってるみたいにも見えた。二、三歳くらいのすごく小さな女の子だった。あいつにしては珍しいことをするなと思った。そんなことをするあいつは見たことがなかったからね。あいつはそのうち子供を抱き上げて、音楽に合わせてあやすように体をゆっくり左右にゆすりはじめた。俺はちょっと驚いたけど、みんなハイになってたからね、まあいいかって感じだった。みんな音楽に夢中で、あいつのしていることに注意を向ける者はいなかった。子供の親もすぐ傍にいたはずだけど、どれが親なのかもわからなかった。ところが途中であいつがすっと姿を消したんだ。いつの間にかいなくなっていた。子供もいなかった。俺は何が起こったのかすぐにはわからず、そのままライヴを聴いていた。トイレにでも行ったのかなと思った。でもそのうち不安になった。まさか、と思った。それで人混みをかき分けて、通りに出たんだ。そしたら地下鉄の駅の方角に小走りで駆けていくあいつの後姿が遠くに見えた。子供を抱えているみたいだった。俺はもう度肝を抜かれて、へたり込みそうだったけど、とにかく走って追いかけた。あいつはまたたく間に地下鉄の入口に吸い込まれていった。

駅の階段にも、通路にも、ホームにも、あいつの姿は見えなかった。俺はどうしたらいいかわからず、ホームのベンチに坐ってしばらくボーっとしていた。放心状態だった。何も考えられなかった。そのうち、あいつはちょうど来た電車に飛び乗ったにちがいないと思い返して、とりあえず電車に乗って家に帰ることにした。帰ってみたら、あいつは寝室のドアに鍵をかけて閉じこもっていた。おい開けろって、ドアを何度も叩いたけど出てこない。そのうち子供の泣き声みたいなのが聞こえたから、おいどういうつもりなんだって、ドンドンって、ドンドンドンって、もう見境いなく叩いたら、やっとドアが開いて、見たら泣いていたのは子供じゃなくてあいつだった。子供はいなかった。子供は電車を降りたときホームのベンチに置いてきたって言うんだ。それですぐに俺が一人で駅に引き返して、ホームを行ったり来たりして探したけど、それらしい子は見当たらなかった。駅前にパトカーが何台か停まっていたけど、知らん顔して帰ってきた。翌朝のテレビのニュースで「謎の幼児誘拐事件」って、けっこう大きく報道していた。三歳の女の子だったようで、無事駅員に保護されたらしい。その後、若い母親がとにかく無事でよかったですと言っているのも、「目撃者」が何人か覆面でしゃべっているのもテレビで見た。黒っぽいスカートをはいた背の高い女の人だったとか、蒼白い顔をしていたとか、適当なことを言っていた。あいつの肌は褐色で、ジーンズを穿いていたのに、いいかげんなものだ。「若い女の衝動的な犯行か」って、もっともらしい見出しが躍っていた。警察もしばらくは駅の周辺で聞き込みをやっていたみたいだけど、でもそれっきりだった。いつの間にか立ち消えになった。とにかく子供が戻ってきていたからね。それが大きかったんだと思う。俺もあいつもこのことは一度も話題にしなかった。話題にするといろんなことが噴き出してきそうで、それが怖くて口にできなかった。あいつはこのあと家にこもって、ものをほとんど食わなくなった。それが半年くらい続いた。げっそり痩せて、目だけ飛び出たみたいになっていた。俺は、こいつは何をやらかすかわからない、とんでもないことを平気でやるやつだって、あらためて、しかし心底から思うようになった。

さっきも言ったけど、この一件があいつが示談に応じたことと関係しているかどうかはわからない。いずれにしても、あいつの側はあっさりこっちの謝罪を受け入れて、示談金もいらないと言ってきた。なにか憑きものが落ちたって感じだった。これもあいつらしかった。

それでも俺には前科がついた。判決は懲役六月、執行猶予二年。裁判のあと、あいつは音信不通になった。

＊

俺の話もそろそろ終わりにしようかと思う。君もこんな話を長々と聞かされて疲れたことだろう。本来ならこっちから出向くべきところだけど、脚がこんなだからね。遠いところをわざわざ来てくれて、悪かったね、感謝してるよ。こういう話だって、去年偶然君に会ってなかったら、誰にもしてなかったところだ。君に会った二ヶ月後に脳卒中で倒れて、あやうく半身不随になりかけた。ちょうど六十になってこうなったのも、何かの因縁かもしれないね。家に帰る途中、車の運転中におかしくなったんだけど、そのときに見た光景がすごかった。地平線がゆっくり右に左に傾きながら、ゆらゆら波打ってるんだ。あれが死ぬ前に見た光景だったとしても、それはそれでよかったんじゃないかと思う。俺はそれでもどうにか駐車場まで辿り着いて、車を出たところでぶっ倒れた。一時は一生車椅子かと思ったよ。でも八ヶ月のリハビリでここまで持ち返した。杖は手放せないけどね。

昔の人はよく脳溢血で死んだよね。脳溢血とか脳卒中とか、よく聞いた言葉だ。あれってなかなかいい死に方なんじゃないかって思うようになった。クモ膜下出血とかじゃなかったら、痛みなんかほとんどないからね。大事なのは中途半端に助けないことだ。助けるなら迅速に、そうできないなら死ぬまで放っておく。当人にとってはそれが案外幸せな死に方かもしれないよ。救助が遅れて、命だけは取りとめたけど重い後遺症が残ってってパターンが最悪だ。そうやって十年も二十年も生かされるんだ。呆けたみたいになってね。自分では何ひとつできない状態で、ときどき薄ら笑いを浮かべながらね。だいたい五十年、六十年生きてたら、脳の血管の一本や二本詰まるだろう。弾けるだろう。それを血液サラサラとか言ってさ。そのためにいろんなもの飲んで。脳を通る血液がサラサラだったら思考までサラサラになるんじゃないかと思うね。

脳卒中で倒れたあと、君のことを思い出したんだ。去年は立ち話しかできなかったけど、別れぎわの君の目を思い出した。どう言ったらいいか、勝手な思い込みかもしれないけど、こういう話に耳を傾けてくれそうな人間の目に見えたんだ。選ばれた君こそいい迷惑だよね。こんなディープな話を聞かされて。

あいつがいなくなったのはもう十年も前だけど、直後は何をしたらいいかわからず、家に何週間もこもったり、ところかまわずうろついたりした。いちおうフリーのライターだから、取材と称していろんなところに行ったりもした。どこに行っても、足が向かうのはやっぱり裏路地だった。ドブの臭いがする、これがアジアだって、旅行情報誌とかに適当なことを書いたりもしたけど、俺のなかの水脈はもう少し深いところにあった。水脈というより血脈だ。血は争えない。俺は手当たりしだいに女を誘惑した。五十男の暴走というやつかもしれない。俺と同じように散漫そうな女に声をかけた。恋人といるのに恋人の話を聞いていない女、知らない人間の顔を無感動に見ている女、無感動だけどじっと見ている女、声をかけると何の驚きもためらいもなく返答をする女、会話の途中で寝てしまう女。話すことは別になかった。お互い独りごとみたいなことを言って、それが噛み合えばもうけものだぐらいに思っていた。いやもうけものだとは思っていなかった。半分わずらわしいけどしかたがないと思っていた。そんなものだと思っていた。ただ散漫の質っていうか、それが同じであるかどうかだけには気をつけた。それだけは譲れないと思っていた。いつでも立ち去る用意があった、ドラマチックに立ち去るのではなく、トイレに立ったついでに逃げるのでもなく、目を見て、それじゃあって。

あるとき、喫茶店のドアの木目をじっと見ている女がいた。こんなやつが外に出たらたぶん地面に落ちる陽の影とか、看板の表面の絵具の凸凹とかを見るんだろうなと思いながら、少し心が躍った。ホテルの部屋に入ると、彼女はすぐに着ているものを全部脱いで、ベッドの上に立ってトランポリンを始めた。陰毛だけをつけて、というかパンツもはかずにトランポリンする姿はおかしかった。目の焦点がちゃんと合っていなかった。俺の髪をしきりになでて俺を胸に抱きよせた。繰りかえし繰りかえし、髪のあいだに指を通しては後頭部に手を回し、そのまま俺の頭を自分の胸のほうに抱きよせた。抱きよせるたびに微かなため息のようなものを吐いた。宗教画で見るようなしぐさだった。自分と闘っているような、そんな様子もあった。それちょっと苦手だなって言うと、すこし笑って、俺の顔を見て、やっぱり頭を胸に抱きよせた。微かにハアッて言いながらね。幸福そうだった。過去も未来も語らない二人の会話は恋人の会話ではなかった。恋人の会話ではなかったから純粋だった。即物的だった。きもちいいきもちいいって言いながら交わった。それが質問なのか答えなのかよくわからないことがあった。質問に質問で応えているようなところもあった。こうしてると安心すると彼女は言った。いつも心の状態がいいとは限らなかった。彼女は心の状態を調節できなかった。そのことにもっと早く気づくべきだった。調子が悪いときには、暗い潮がもうそこまで押し寄せているという感じがした。彼女は手首を変なふうに曲げることがあった。

そんなことははじめはわからなかった。彼女の大きな瞳はガラスみたいに透明だった。そんなこともはじめはわからなかった。五ヶ月間、十一月から三月まで、俺にしては驚異的に長い関係だった。最後は悲惨だった。彼女は豹変したように俺を罵った。あたしのことなんだと思ってんの？　馬鹿にしてんの？　うざいよ、消えろ。

なんというニヒリズムなのって言われたこともあった。インテリの女だった。そういう女はふだんは相手にしないのに、そのときはちがった。インテリで肉体派だった。めずらしいジャンルだ。スリムで、いつもスーツを着て、ボクシングジムにも通っていた。人生どんな出会いがあるかわからない、生きているのも悪くないと思った。その女は俺のやましい欲望を見抜いていた。同類だと、彼女は思ったらしかった。俺はそうは思わなかったけど、肯定も否定もしなかった。同類だったら欲情しないだろうと、漠然と思っていた。ベッドサイドの哲学ねって、俺とのやりとりを評して彼女は言った。笑いながらね。ベッドサイドの哲学か、悪くない。ニーチェの一節でも読んでもらおうかな。

その女に俺はめずらしく親父の話をした。お父さんのこと、いつからそんなふうに話せるようになったのって彼女は訊いた。わたしにはまだそれはできないわって。じっさい、彼女は自分の父親のことを語ろうとはしなかった。そうなんだ。俺の親父は、語られることで、言葉にされることで、なんか立派な存在になったんだ。もう恥ずかしい存在じゃなくなったんだ。人々の共有財産になったんだ。そうか、語るってそういうことなのかと思った。でも語ることで失うものもあるのよねって、明敏な彼女は言った。自分の恥ずべき姓も、うとましい出身地名も、人の口の端に上ることでたしかに少しずつパブリックなものになる。そうやって少しずつ浄化される。でも気づいたら何かが失われてるのよね、たぶん大切な何かがって。たしかに俺の親父は、語られることで、もう俺だけの親父じゃなくなったよ。なんかよそよそしい存在になった。ひとりの人物になった。えっ、親父ってそんな人だったっけって。そんなちゃんとした、いっぱしの人物だったっけって。あの、貧乏ゆすりしながらいつもぜいぜい言ってた哀れな親父はどこに行ったんだって。そうか、人はそうやって父親を殺すのかもしれないね。人はというか、男子は。

　お袋は親父に惚れてたよ。俺はそんなことも言った。親父が晩年、心筋梗塞で倒れたときのことだ。親父は長年の不摂生がたたって、もうよれよれで、心臓の四分の一くらいが壊死していて、不安そうで、不安で不安でたまらなくて、そばにいてくれってお袋に言ったんだ。たぶん結婚以来はじめてね。あの暴力ばっかりふるってた親父がね。寝室で、おい行くなって、ここにいろって、いいからいろって、情けない顔で言った。蒼い顔でね。勝手だよね。

まったく勝手なやつだ。でもお袋はうれしそうだった。めんどくさいとかなんとか言いながらもうれしそうだった。そのときのお袋は女だったよ。あんなお袋を見るのははじめてだった。

彼女は黙って聞いていた。長い沈黙だった。それから口を開いた。ねえ、想像したことある？　恥じらいに満ちた熱いまなざしをお父さんに向けているお母さんのことを、そんな時代があったってことを、想像したことある？　それってひょっとしたら、いなくなったあなたの奥さんが若い日にあなたに向けていたまなざしと同じだったんじゃないかって、考えたことある？

あいつが失踪して四年目くらいだったと思う。新聞を読んでいて、ある記事が目にとまった。「愛犬追い、後ろから電車」という見出しの小さな記事だった。その見出しが俺の注意を引いたんだ。読んでみると、中年女性が線路に迷い込んだ愛犬を助けようとして、そのあとを追いかけ、途中で電車に轢かれて死んだという内容だった。女性の身元は不明。ＪＲ常磐線沿いの踏切に近い線路内でのことだったらしい。記事がとってあるから読んでやるよ。「現場は遮断機と警報機のある踏切の近く。女性は線路内を電車と同じ進行方向に向かって走っているところを、後ろから来た電車にはねられたという。運転士は女性とその前方を逃げている犬を目撃したが、当時、雨で視界が悪く「ブレーキをかけたが間に合わなかった」と話している。女性は電車を振り向くことなくはねられたとみられる。」

これを読んで、変な胸騒ぎがしたんだ。とくに「電車を振り向くことなくはねられた」ってとこがね。思いすごしかもしれないけど、このフレーズが頭に残った。頭にこびりついて離れなかった。電車がすぐ後ろに迫っているのもかまわず、雨のなかを、なりふりかまわず犬を追いかけたって、これってあいつじゃないかって、あいつそのままじゃないかって。それで翌日だったか、翌々日だったか、思いきって警察に電話したんだ。ひょっとしたら妻かもしれないって。戸籍の上ではまだ妻だからね。そしたら管轄の警察署につないでくれて、そこであいつの年齢とか外見とか血液型とかを訊かれて、それじゃすぐに署に来てくださいって言われた。遺体の検視は済んでいるので親族の方ならいつでも引き取っていただいて結構ですって。でもそう言われるとなんか急に腰が引けて、ひょっとしたら思い違いかもしれません、いやそっちの可能性の方が高いですって、ビビったみたいなこと言ったんだけど、だったら確認のためにも一度来ていただいてって、ただ遺体の損傷が激しいのでその点はご理解くださいって、事務的な口調で言われた。ご理解もなにも、ようするに覚悟しろってことだなって、それを聞いてなぜ自分がビビったかわかった。その日は家から出られなかった。

次の日、意を決して警察署に出向いた。あいつが失踪したいきさつとか、いろいろ訊かれて、それに例の事件のこともあったから、むこうも別の署に電話で問い合わせたりして、ずいぶん待たされた。やっぱり来るんじゃなかったかなと思った矢先、遺体安置室とやらに通された。警察署の中庭の奥の、パトカーや装甲車が停めてある駐車場に隣接した建物の一階にある寒々しい部屋だった。そこでビニールシートみたいな、半透明の寝袋みたいなものに入った遺体を見せられた。正視できなかった。遺体というより肉片の寄せ集めだった。顔らしいものもなくて、すさまじい臭いがしていて、俺は吐き気をおさえるのがやっとで、じっとしていられなくて、すみませんって言ってすぐにそこを出た。遺留品だといって血のついた服の切れ端とかひしゃげた靴とかも見せてくれたけど、見覚えのあるものは何もなかった。どうも妻じゃないみたいですって係官には言ったけど、そのときは正直もうそんなことどうでもよくて、とにかく気分が悪くて、卒倒しそうで、ただただそこから逃げ出したかった。

受付に戻ると、大丈夫ですかって言いながら、事故を処理したという警官がいろいろ説明してくれた。轢死した女性は、財布とか携帯とか、身元がわかるようなものは何も持っていなかったらしい。たんに見つからなかっただけかもしれない。事故があったのは夕方の六時半で、遺体の回収を始めたときにはもう日が暮れていたとのことだった。犬は無事だったらしい。よかったです、不幸中の幸いですと言って若い警官は頬笑んだ。新聞には女性の「愛犬」とあったけど、あとで判明したところでは、それはまちがいで、近所で飼われている犬だったようだ。黒のラブラドールで、その犬が勝手に家を出て、二百メートルほど離れた線路の方に向かい、遮断機の降りた踏切から線路に入ったらしい。飼い主の家族は、犬がいなくなったことに気づいて、家のまわりを探しはじめていた。事故を目撃した婦人によると、女の人がその犬を「クロ、クロ、おいで」って大声で呼びながら自分も遮断機をくぐって線路に入り、尻尾を振りながら遠ざかっていく犬を「クロ、クロ」って追いかけていって、その後ろからあっという間に電車が駆け抜けていったらしい。その婦人は女性が飼い主だと思い込んでいた。それ以来ショックで寝込んでいるということだった。黒ラブはすぐに家に戻ってきたけど、犬小屋にこもって何も食べようとしなかったらしい。飼い主は翌日の昼のニュースで事故のことを知り、ひょっとしたら自分たちの犬のことではないかと警察に連絡してきたのだという。でも犬に罪はないです、と若い警官は何度も言った。

そこへ鑑識係の職員がやってきた。血液型はB型で奥さんのと同じなんですけどね。でも指紋の照合か、それがだめならDNA鑑定をした方がよさそうですね。指紋がわかるようなものか、爪とか、毛根のついた髪の毛とかがあれば持ってきてくださいと言われた。なるべく素手で触らないようにと念を押された。俺はわかりましたと言って警察署を出た。

すぐに家に帰る気にはなれなかった。俺は二駅ほど離れた駅で電車を降りて、事故の現場に向かった。ちょっと坂になった通りを降りきったところに踏切があった。想像していたより閑散とした、さびしい場所だった。俺が踏切に着いたときにちょうど警報が鳴って、遮断機が降りた。俺は遮断機越しに二本のレールが延びている先を眺めた。しばらくしてグリーンの帯のついた快速電車が轟音とともに目の前を通りすぎた。通りすぎる瞬間、強い風圧を体に感じた。自分の犬でもない犬を、名前も知らない犬を、ただ黒いから「クロ、クロ」って、誰はばかりなく、大声で呼びながら追いかけていった。それってあいつそのものじゃないか。まるであいつじゃないか。後ろから電車が迫っているのに、鋼鉄の車体がどんどん近づいてくるのに、振り返りもせずに、雨のなかを、運転手の視界がけぶるほどの雨のなかを、ただ「クロ、クロ」って、必死で、脇目もふらずに……。警察署に戻ろうと思った。戻って、今度はちゃんと遺体と向き合おうと思った。でも俺はその場に立ち尽くした。どうしたらいいかわからなかった。

翌日、あいつが残していった持ち物をいろいろ調べたあげく、あいつの文机の上にあったホッチキスと下敷き、そして鏡台にあったヘアブラシに付いていた髪の毛を警察に持参した。数日後、鑑定の結果を電話で聞いた。指紋は、時間が経ちすぎていることもあって、照合に使えるようなものは取れなかったらしい。DNA鑑定の方はうまくいった。轢死した女性はあいつとは別人だった。

あいつはどこにいるんだろう。どこで何をしているんだろう。あいつの持ち物を調べているとき、机の引出しから走り書きのメモが出てきた。いなくなって二年ぐらい経ったころ、あいつは俺の留守中に家に戻ってきていた。理由はよくわからない。そのとき残していったメモを俺が引出しに入れておいたんだ。あいつが家に寄ったのはその一回きりだ。メモには、乱雑な文字で、ああおさしみが食べたいとだけ書いてあった。

転落

1

　その澤田公雄という男は、私もテレビで見たことがあった。偶然といえば偶然である。殺された女性ディレクターがつくったドキュメンタリーのなかで見たのである。警察の捜査資料によると、ドキュメンタリーの題名は『再生への長い道──ホームレスたちの日常』。某民放局で深夜に放送されたもので、澤田はそこで一人のホームレスとして取材を受けていた。放送されたのが年の瀬の十二月二十日、澤田がその女性を殺したのがほぼ二ヶ月後の翌年二月十八日。澤田は当日の午前三時ごろ所轄警察署に自首してきた。「殺した」というのは正確ではない。容疑は傷害致死罪。被害者はＪＲ山手線のＳ駅のホームに降りる階段の上から突き飛ばされ、頭部を強打して、搬送先の病院で死亡が確認された。死因は出血性ショックだった。代行検視に行ってくれた警部補によると、頭蓋を割るほどの衝撃を受けていたらしい。澤田は出頭した当初、かなり昂奮していて、一種の譫妄に囚われており、話が聞ける状態ではなかったようだ。事件の送致を受けて、私はみずからこれを主任検察官として担当することにした。送検後、二、三日も経つと、澤田はほぼ落ち着きを取りもどした。私は何も心配しなかった。変な言い方だが、「いい犯人」だとすぐに見てとったからである。

もっとも、テレビで見たことがあるのをすぐに思い出したわけではない。その男がひどくやせ細り、やつれていたからである。取調室の窓からさす陽光を受け、顎のあたりの無精髭が真っ白に光っていた。それにテレビ画面では人間はじっさいより太って見える。私がテレビで見たホームレスは、これがホームレスかと見まがうほど、身なりのきちんとした、いわば老紳士だった。印象に残っているのは、とくにその靴である。いかにも手入れのゆきとどいた紐なしの黒い革靴で、男はその黒光りする革靴をダンボールでつくった寝床の足元にきちんと揃えて置いていた。人影もまばらな夜のJR・K駅の南出口、植え込みに沿った通路の片隅である。庘のある壁に寄り添うようして五、六人のホームレスが一列に並んで陣どっていた。ダンボールの上に胡座をかいたその男は、時折話しかけてくる他のホームレスに「ですます」調で応じていた。いやがるわけでもなく、かといって親しげにする風でもなかった。寝るときは仰向けに身をまっすぐ横たえ、カメラが近づくと、少し照れたように片手を顔にもっていきながらインタビュアーの質問に答えた。「寝ながら考えることって、どんなことですか?」「そうですね……昔のこととか、家族のこととか」「不安になることってありますか?」「そりゃありますよ……」「夢、見ますか?」「よく見ます」「どんな……?」「そうですね……不思議と若いころの夢が多いですね……それと母親の夢」

テレビでナレーターが強調していたのは、ほんの一年半前まで「エリート公務員」だったこの六十すぎの男性の、ホームレスにしては珍しい身ぎれいさと一種の公共心だった。彼は早朝に起床し、他の利用客の邪魔にならない時間に駅のトイレで洗面を済ませ、洗面台や床に飛び散った水滴をていねいに拭きとる。「きれい好きなんですね」「やっぱり、どんなに落ちぶれても人に迷惑だけはかけたくありませんからね」それから寝床にもどってまるで蒲団でもたたむようにダンボールを幾重にも折りたたみ、それを大きめのビニール袋に入れて近くの植え込みの陰にしまい込む。こうして彼の「寝床」はあとかたもなく消える。少しくたびれた灰色のスーツにコート姿、黒い革靴。荷物はかなり膨らんだ手提げバッグひとつ。櫛を通したばかりの薄い銀髪が濡れて見えた。「これからどこへ行くんですか?」「そうですね……職安や不動産屋に行くには早すぎるので、公園に行って朝飯を食べます」

その公園の一角では一組の中年男女がテント生活をしていて、彼らも澤田とはまた別種のホームレスとして番組で取り上げられていた。顔にボカシが入れられたこの二人は、街で大型ゴミを拾い回り、それに手を加えてリサイクル・ショップに売っては日銭を稼いでいた。カップルのホームレスは珍しい。二人は路上で知り合ったらしいが、彼らがどのようにして「同棲」するにいたったかについては何も明かされなかった。男は四十すぎ、女はもう少し年上に見えた。二人ともだらしなく太っていて、ジャージを着た女の下腹部のたるみが妙に卑猥だった。男は職を転々としたあげく、ギャンブルにはまり、家賃はおろか光熱費も払えなくなって、追い出されるようにして路上生活を始めるようになったのだという。「ここは天国だよ」リヤカー付の自転車をいじりながら男が言った。「そうさ」公園の水道で食器を洗ったばかりの女が手を拭きながら応じた。「毎月毎月、やれ電気代だ、やれ水道代だって、ここじゃそんなもの一切なしだから」彼らは青いビニールシートを張った広めのテントで暮らしていた。

澤田は農水省で部長級にまでなったが、うつ病を患い、二年の休養ののちに失職、それを機に妻から離婚話がもち上がり、家屋を妻と娘に残してホテル暮らしをするうち、金が尽きて一年ほど前から路上生活を始めるようになったということだった。番組は、いわば模範的なホームレスである澤田が、市の復帰支援センターのおかげでついにアパートを借りられるようになり、何もないワンルームの床に胡座をかいて久しぶりの「家」を味わうというところで終わっていた。「いまどんなご気分ですか?」「そうですね……やっぱりほっとしますね。でもこれからです。やっぱり仕事を見つけないとね……」

画面のなかの澤田はよくタバコを吸った。そのしぐさからも、この初老の男が人の目を意識していることは明らかだった。それは見栄というより一種の色気だった。この色気があるかぎり人間はとことん落ちることはない。テレビを見ながら私がそう思ったかどうかは定かではないが、この男にシンパシーのようなものを感じたことはたしかである。そして事件後、検察庁の私の取調室兼執務室に連れてこられた澤田を見て、私がすぐに「いい犯人」だと思ったことも、このこととおそらく無関係ではない。それは彼が自首してきたからではない。自首する犯人にもさまざまなタイプがある。むろん澤田の顔からはいっさいの甘さは消えていたが、この男には、何と言ったかいいか、自己表現の欲求のようなものが感じられた。控え目ながら、コミュニケーションをとりたいという気持があるのが分かった。これは私との相性の問題かもしれない。ただ、この男がうつ病を患ったことがあるという点は意外だった。

私は、押送の係官が手錠を外すのを待って、まず身上関係を訊ね、供述拒否権を告知したうえで、事件送致書に記されている被疑事実を読み上げた。澤田は「まちがいありません」と答えたが、その口調にはどこか「送致書など何も語っていないにひとしい」とでも言いたげな響きがあった。これも私は悪くはとらなかった。送致書には硬い言葉で事件の概要が記されているにすぎない。私が犯行にいたった経緯を時系列に沿ってできるだけ詳しく話すよう求めると、澤田は、ときどき私の目を見つめながら、一語一語たしかめるようにして、また驚くほど饒舌に語りはじめた。

「テレビの話があったのは去年の八月でした。夜九時ごろ、寝床をつくって一服しているときに一組の若い男女から声をかけられたんです。私の方に近づいてきて、中腰になって、「失礼ですけど、ここで寝起きされてるんですか」って感じで言われて。話したのはおもに女の子の方です。某民放テレビの報道局の者で、ホームレスについてのドキュメンタリー作品を準備しているということでした。ホームレスっぽくないって、前から気になってたんだって言われて。そうか、見られてたんだって思いましてね。どのくらいホームレスをしているのか、その前は何をしていたのか、年齢は、家族は、出身はと、いろいろ訊かれました。腰の低い、丁寧な話し方で、いやな気はしなかったですね。もし取材することになったら協力してくれるかって訊かれて、二つ返事で承諾しました。横で聞いてた田中さんが（田中さんっていうのは、私の隣で寝てた四十代のホームレスですが）「いくら出すんだ」って、田中さんはあけすけな人ですから、そう訊いたら、「いや、とくに報酬というのは……」って応えていました。田中さんは「ばかばかしい」って、自分が頼まれたわけでもないのに吐き捨てるように言っていました。

なぜ承諾したのか、理由はよくわかりません。カメラに撮られる自分を感じることで、心のバランスがとれるっていうか、張りができるって思ったんでしょうかね。路上で生活するようになってかなり落ち込んでましたから。落ち込むというより、あせってました。いつも焦燥感があって、寝るところもあんなふうですから、夜眠れず、節々が痛くて、くたくたで、あっぷあっぷでやってたんです。まさか自分がホームレスになるなんてって、その「まさか」が、噛んでも噛んでも嚥み下せないスジ肉みたいに喉にひっかかってて、そのうち少しずつ溶け出してはくるんですが、そうすると逆にこれに慣れちゃいけないって、こんな生活に慣れっこになったらおしまいだって、自分を奮い立たせようとするんですが、それも空回りで、じっさい何にもないんですから、仕事もなけりゃ住む家もない、友達も、話しかける相手すらいないんです。自分がどんどん小さくなっていく感じで、ゼロになっていくんですね。このまま死ぬんじゃないかって思ったりして。すごく心細くてね。話す相手がいるとちがいます。自分が現れるんです。どんな自分かは相手によるんですが、とにかく自分が現れる」

「ほかのホームレスの人たちと懇意になることはなかったんですか?」

「それはなかったですね。さっき言った田中さんとか、山ちゃんって呼ばれてる人とか、ほかのホームレスは気軽に声をかけてくれたんですが、私は彼らのぞんざいな物言いがいやで、正直いって敬遠していました。私が言うのもなんですが、住んでる世界がちがうなって。一度田中さんに付き合ったことがあるんですよ。こんなこと、ここで言っていいのかどうかわかりませんが、おっさん面白いところがあるから来なよって誘われましてね。夜中でしたが、雑居ビルの階段の踊り場に連れて行かれたんです。不思議なところでした。繁華街の真ん中なのに誰からも見られない、死角っていうんでしょうか。男が四、五人、先に来ていて、田中さんとは顔見知りのようでしたが、とくに何を話すというわけでもなく、タバコをふかしながら、パチンコでいくら負けたとか、誰それは最近見ないとか、あの店は閉めたらしいとか、ぼそぼそっと話すだけで、明らかに何かを待っている様子でした。私はわけがわからず、なによりも居心地が悪くて、何度も帰ろうと思ったんですが、きっかけがつかめなくて、そうですね、ものの二十分もそうやってましたかね、途中男の一人が携帯で誰かと連絡をとっていましたが、そのうち下の方からどたどたと階段を上る足音が聞こえてきたんです。

われわれは三階の踊り場にいたんですが、明らかに女性とわかる靴音と「だいじょうぶ?」って何度も言ってる男の声が聞こえました。その瞬間、まわりの男たちが互いに目配せしたのを覚えています。

そのうち、若い女性を背後から抱えるようにしながら上がってくる痩せた中年男の姿が見えました。安っぽい紺の背広を着た、タクシーの運ちゃんって感じの男で、われわれの方を見て一瞬にやっと笑うと、手馴れたしぐさで女の子を踊り場から二、三段上がった階段に坐らせました。女の子は、ミニのワンピースにカーディガンという格好で、どう見ても十八、九。水商売という感じではなく、女子大生、ひょっとしたら高校生とかだったかもしれません。ぽっちゃりした、かわいい感じの子でした。ただ泥酔してるのか、ドラッグでもやってるのか、時々わけもなく笑ったり、何か口走ったりするんですが、意識があるのかないのかわからないような状態で、階段に坐っていても上体をぐらりと横に倒しそうになるのを、運ちゃんが後ろから支えているという按配でした。男たちがこの女の子に何をしたかはちょっと言いにくいですね。かなり過激な「いたずら」だと言えば、おおよそ想像はつくでしょう。要するに股間をのぞき込んだり、胸や尻をまさぐったりといった類のことです。しまいに半裸状態にしてね。男たちはかなり興奮していて、もうやりたい放題でしたね。私は度肝を抜かれて、呆然と突っ立ったまましばらく見てたんですが、そのうち胸が悪くなって、というか胃が痛くなって、本当に鈍痛がしてきて、ひとり階段を下りて外に出たんです。あんなこと初めてでした。ものすごく胃が痛くて、それで腹に手を当てて、道端にしゃがみ込んでそのままじっとしていました。

少し経って痛みがましになってきたので、駅の方角に歩きはじめたんですが、すると後ろから体をぶつけるようにして寄り添ってくる者がいます。振り向いたら田中さんでした。この男は、先ほどのことには一言も触れずに、無表情な顔にうすら笑いを浮かべて「おっさん、別のとこ行こう」って言ったきり、先に立ってすたすた歩きはじめました。私は後ろについて歩きながら、はじめてこの男をまじまじと見つめたんですが、これはたまらないなと思いました。この男の貧相な横顔を眺めながら、こんな男と一瞬でも行動をともにしていることが腹立たしくて、情けなくて、やりきれない気分になりました。なんというか、会話がないんですね。言葉がないんです。まともに挨拶もできないんですから。この男は私が当然ついてくるもんだと思って勝手に先に立って歩いている。何を根拠に、どういう理屈で、いったい何を考えてるんだと思いましてね。この男の頭のなかにはひょっとしたら砂漠が広がってるんじゃないかって。ただ行き当たりばったりに生きてるって感じで。だから絶望することもない。でも変に横着でね。あつかましくて。私はそういうどんよりした、不透明なのがいやで、なんか不気味でね。ホームレスでもやってなければ一生会うこともなかった人間だろうなと思って。内心あんまり腹が立ったんで、途中で彼を無視して帰りました。

それで懲りたんです。それ以来ですよ、かかわりを持つまいと思ったのは。田中さんにかぎらずね。もともとそんなことをしてる場合じゃないって思ってましたから。適当に話は合わせましたけどね。険悪にならない程度に。でもホームレス同士の仲間意識みたいなものはごめんだと思いました。それにホームレス同士の世界ってきれいごとばかりじゃないんです。それもはじめて知りました。縄張り争いもあれば、いじめみたいなことだってある。他のホームレスから借金をして、それも何百円かね、それを平気で踏み倒したり、物を盗むやつだっているんですから。彼らが助け合って生きてるというのはウソですね」

「最初に来たテレビ局の人というのは、亡くなった鈴木さんと、アシスタント・ディレクターの三好という男性ですね」

「そうです。そのときは十五分ぐらい話をして、名刺をおいて帰っていきました。話が決まったらまた来るとか言って。企画会議に通らないと、みたいなことを言ってましたね。人から名刺をもらうのは久しぶりだったんで、それが嬉しくて。なんか自分まで偉くなったみたいでね。ときどき引っ張り出しては眺めてました。報道局、報道番組部、ディレクター、鈴木祐子って、はっきり覚えてますよ。彼らが帰ってから、いろいろ想像しました。取材されたら、ああ言おう、こう言おうって。まるで一人芝居ですね。予行演習です。シチュエーションを想像して、訊かれることを想定して、「そうですね……」って一呼吸おいて、おもむろに答える、それを何度も何度も繰りかえしてね。馬鹿みたいに、時間を忘れてやってました。でも人生ってこういうことの連続ですよね。こういう無駄なことの。呆けたみたいに、こんなことばかりやって。結局、予行演習で終わってしまうんですね、人生ってのは。大事なことは何ひとつ成し遂げられないままね。

それと、作品が放送されたら家族とか昔の同僚とか部下が見るかもしれないなって。それが一番ひっかかった点ですが、でも、どう言うんでしょう、あまりリアルに想像できなくて、結局どうでもいいっていうか、なるようになるって感じでしたね。深夜の放送だとも聞いていましたし。忘れ去られて死んでいくよりはましだろうって、そんなふうに考えたような気もします。

それから二週間ぐらいして、ひょっとしたらもう来ないのかなと思ったころ、今度は鈴木さんが一人でやって来ました。企画が通ったから少し詰めたいって。カレーパンの差し入れを持ってきてくれて、感激したんですが、立ち話もなんだからって、駅の近くにある喫茶店に行って話しました。非常に真剣に話す人で、それがなんか初々しかったですね。不況が長引いてホームレスが急増しているなか、ホームレスの問題はもう誰にとっても他人事ではない、誰もがいつでもホームレスに転落する可能性がある、そういう観点から、危機意識を喚起するような作品をつくりたいと、それこそ熱く語っていました。ホームレスを撮った作品はいくつもあるけれど、自分は「再生」ということに力点をおきたい、ひとりひとりがいかに路上生活からの脱却と社会への復帰を模索しているか、またそれがどんなに難しいかをレポートしたいんだって。お若いのに感心ですねって言ったら、ちょっと固い表情をしたので、あ、まずいこと言ったかなって思ったくらいで。

私は典型的なホームレスとはいえないかもしれませんよ、とも言ったのですが、それがいいんですって、逆に言い返されました。澤田さんみたいな人がホームレスになったことが、今の世の中、誰でもホームレスになる可能性があるということの証なんですって。今回、三人のホームレスを取材する予定だが、それぞれが違った経歴をもち、違うタイプの人で、めざす方向も違う、それがいいんですと言われました。私は、何かがすでに動きはじめていて、自分はそれに乗っかるしかない、漠然とそんな印象をもちました。不安といえば言い過ぎになるでしょう。それに私には失うものなど何もありませんでしたから。それどころか、そのときの私は、有頂天とまでは言いませんが、ほだされたような、何か浮き足立ったところがあったように思います。たしかに久しぶりに浮き浮きした気分になったのを覚えています。できたら一杯やりたいぐらいの気分でした。一杯やりながら思いのたけを語りたい、そんな気分でした。私ぐらいの年になると、そういう気持の昂ぶりを抑えるのは簡単じゃありません。もうほとんど垂れ流しですから。ちょっとした感動で涙が出そうになるんですから。いま考えたら滑稽ですよね。子供か孫ぐらいの年の子の青くさい話にいちいち真顔で頷いてたんですから。でもそのときは相手の熱意に打たれたっていうか、使命感に燃える相手の真剣さに動かされて……。鈴木さんの話は理路整然としていましたし、なによりもあの方にはオーラみたいなものがあって、紙くず同然の生活をしていた自分みたいな人間はひとたまりもなかったですね。

ひととおりの話を聞いたあと、私からもいろいろ質問しました。どうしてこの仕事をするようになったのかとか、前は何をしていたのかとか、そういったことですが、鈴木さんは臆せず答えてくれました。大学を出たあと一年間、NGOの仕事をしていたということで、カンボジアに数ヶ月行って学校づくりのお手伝いをしたとも言っていました。それから就職活動をして今のテレビ局に入ったそうです。試験を受けて入ったと言うので、テレビ局の入社試験って難しいんでしょうと訊くと、それには答えず、とにかく報道がやりたかった、新聞社も受けたがそちらは駄目で、テレビ局に入るのはじつは不本意だったが、報道がやれるならと思って決めたと言っていました。面接であんまり報道、報道って言うんで変人扱いされたそうです。しかも女の子でしょう。でもそのおかげで顔を覚えられて採用されたようなものだとも言っていました。そういう自分を卑下するようなところも好もしく思えましたね。けっこう醒めた見方をしてるんだなって。

いまのテレビはつまらないって私が言うと、私もそう思いますって、我意を得たりとばかりに、目を輝かせて、本当はそういうテレビをつくる側にいるのがいやでたまらないけど、これは自分ひとりではどうにもならないことで、構造の問題なんだと、視聴率至上主義とそれを支える構造全体の問題なんだと力説していました。私にはその「構造」という言葉が新鮮で、何かありがたいお言葉でも受け取るように神妙に聞いていました。テレビで面白いのはNHKのドキュメンタリーぐらいだと私が言うと、でもあれはNHKだからできるんです、くやしいけれどあれにはとてもかなわない、でも自分もドキュメンタリーがやりたくて、入社六年目ではじめて任されたドキュメンタリーの制作がこれなんだって言ってました。自分がここで試されるんだって、そう言わんばかりの口ぶりで、この仕事にかける意気込みというか、覚悟というか、そんなものを感じました。興味本位ではなく、あくまでホームレスの人たちの目線で、彼らの日常をとらえたい、そんなふうにも言っていました。

二時間ぐらいそうやって喋ってましたかね。意気投合とまでは言いませんが、通じ合うものがあるなって感じで、あっという間に時間が経った気がしました。幸福でしたね、正直いって。取材云々じゃなく、こういう時間がもてたことが嬉しくて、ダンボールの寝床に戻ってからも頭が興奮してなかなか寝つけませんでした。別れぎわに何とかいう女優に似てますねって言ったんですが、すると口元を少しほころばせて、よく言われるんですって、はじめて照れたような笑顔を見せたのが印象的でした」

「撮影が始まったのは九月ですか？」

「ええ、カメラマンとカメラ助手とADの方を連れて、週三回ぐらい、駅とガード下と公園を回って取材していたようですが、私のところへ来たのは週一、二回です。それ以外に鈴木さんはひとりで二日に一回は顔を見せました。どうですか、変わりありませんかって。他のホームレスのところにも情報を集めにちょくちょく顔を出していたようです。三ヶ月近くの撮影でした。若くて美人の女性ディレクターとあって、ホームレスのあいだではすぐ評判になりましたね。なかには何を勘違いしたのか女子アナなんて呼ぶ者もいて、田中さんなんか小指をこうやって立てて、「今日あれ来た？」なんて軽口をたたいてました。卑猥な冗談を言うやつもいましたよ。

私への撮影は、駅の出口のいつもの場所での寝起きと、ハローワークや新聞・雑誌での職探し、それから不動産屋でのアパート探しの三つがおもでした。あとの二つはいちおう毎日動きがあるので、自然とそれを追っかけるという展開になりました。ただ職探しの方は年が年ですからネタになるようなものはほとんどありません。それでもマンションの管理人とか雑役夫とか、自分でもやれそうな職があったら電話してみるんですが、年を言うとたいてい言下に断られましたね。そのうえ住所がないのがネックで……。要するに堂々めぐりですよ。家がないから職にありつけない。職がないから家を貸してもらえない。これはホームレスみんなが抱える問題です。ご存じのように、それもあってK市に復帰支援センターができたんです。一定の条件を満たせば市が保証人になってくれるということで、私が結局K市に落ち着くことになったのもそれがおもな理由です。それまでは都内にいたんです。上野近辺をうろうろしてたんですが、結局ここに流れ着いて。もちろんここの方が人目につきにくいというのもありました。

ホームレスって、五十代、六十代が多いんですが、最近は高齢化してて七十代も珍しくありませんし、たまに三十代もいます。ホームレスって、何というか、やみつきになるようなところがあるんですよ。自分がホームレスになってはじめて分かりました。歩ける体力さえあったら、炊出しとか残飯漁りで食いつなげますからね。どういうルートから回ってくるのかは知りませんが、コンビニで賞味期限切れになった弁当を五十円とか百円で買えたりもするんです。それに、世の中の煩わしい人間関係からの解放感、これが大きいですね。でもいったんそれを知ると、もう社会に戻れないような感覚があります。解放感といっても、社会は目の前に存在しつづけるわけですから、あきらめや恐怖といつも隣りあわせで、よほど図太くないかぎり緊張が本当に解けることはありません。ひとりガード下のホームレスで頭がおかしくなったのがいて、酒を飲んで酔っぱらっては世の中狂ってるって、太い太い声で、まるで演説でもするように叫んでたやつがいました。拾った新聞の記事を大声で読み上げてね。それも殺傷事件とか、横領とか、背任とか、事故とか、災害とか、テロとか、戦争とか、そんな記事をいちいち大声で読み上げて、社会で起きてるいろんな事件が理解できないって、あんまりたくさんの事件が起こって、そんなことがどうして可能なんだって、それが怖いって、おそろしいって言うんです。ほかのホームレスは、また始まったって取りあわないんですが、なかにはうるさいって本気で怒るやつもいて、つかみ合いの喧嘩になって、もう無茶苦茶でした。結局そいつはいつの間にかいなくなりましたね。

私は、駅で寝起きする以外はなるべくふつうのサラリーマンみたいな生活をしていたいと思っていたので、朝五時に起きて駅のトイレで洗面を済ませたら、夜の九時、十時までは戻りませんでした。職安や支援センターや不動産屋以外は別に行くところもありませんでしたが、よく歩きました。あと、公園のベンチで休んだり、市の図書館に行って本を読んだり、たまに銭湯やコインランドリーに行ったり。私の場合、年金の一部が使えたんで、ゴミを漁ったり、炊出しに並ぶことはしなくて済んだんです。もっぱらコンビニの弁当やサンドイッチを食べてました。テレビ的には面白くないホームレスだったでしょうね。毎日毎日、たいして変わりばえのしない生活でしたから。でも、撮影スタッフをかかえて歩くと、ちょっとしたことでも何か特別なことのように感じて。それに目立ちますからね。夜なんかとくにライトを当てますから、異様ですよ。人がこちらを眺めているのが分かります。その意識が最後まで消えませんでした。でも悪い気はしなかったですよ。人間を怯えさせるのも他人の視線なら、人間を生き返らせるのも他人の目なんですね。

ただ、カメラが向けられて、質問が発せられると、役が振り当てられている感じがして、その役を上手に演じないといけないと思って、それはプレッシャーでした。私の役はさしずめ「大学まで出た元公務員のホームレス」ってとこですかね。ふつうにしてたらいいって言うんですが、そんなことできるわけありません。だいいちカメラの向け方といい、質問の内容といい、どんな「絵」をとりたくて、どんな言葉を引き出したいか、手にとるように分かるんですから。べつにそのことに反発を感じたわけではありません。そんなこと始めから分かってましたから。私はとても協力的だったと思いますよ。涙ぐましいほど、卑屈なほど協力的だったと思います。いつの間にか鈴木さんに取り入ろうとしている自分に気づいて情けなく思ったほどです。ただ、今にして思うと、自分は映像のほんとうの恐さが分かってなかったですね。映像ってのはどこかでわれわれのコントロールをすり抜けるんですね。ひとり歩きするんですよ。いくらそれに物語をかぶせて、編集をほどこしてもですね、それを超えるんです。映像ってのはしたたかです。そのことは、私にも、おそらく鈴木さんにもあまりよく分かってなかったんじゃないかと思います。

取材を受けたホームレスの一人に源さんっていう、アルミ缶を集めて売って生活している老人がいました。朝の三時に起きて、自転車で集めて回るんですが、あるとき、源さんの映像ですごくいいのが撮れたって、鈴木さんが喜んでいたことがあります。私も放送のときに見ましたが、たしかにいい映像でした。夜明けの薄明のなかを、アルミ缶を山のように荷台に積んだ自転車が、左右に傾ぎながらゆっくりと走っていく。それを後ろから撮ってるんですね。ギイギイって軋む音がして、いまにも倒れそうで、でもどうにか平衡を保ちながら、朝靄のなかをね。美しい映像でした。集められてもせいぜい二、三百個、一個一円ですから二、三百円にしかなりません。その数枚の硬貨を握りしめ、それでアンパンを買って食うんですが、それがまたうまそうに頬張るんですね。そこで源さんの黒光りした顔がアップになって、「アンパンがこんなにうまいものだとは知りませんでした」って。感動的でしたよ。鈴木さんが「いい絵が撮れた」って言うのも無理ありません。私に直接言ったわけではなく、仲間のスタッフにそう言っているのが聞こえただけですが、でもそんなことを聞くと何か嫉妬みたいなものを感じましてね。変ですよね。ホームレス同士が「いい絵」のためにライバル心を燃やすなんて。いや、源さんの方にはそんな気はなかったんでしょうが、私は刺激されました。鈴木さんはひょっとしたらわざと私に聞こえるように言ったのかもしれません」

「鈴木さんとはどんな関係だったんですか？」

「関係とおっしゃいますと？」

「取材をとおして仲良くなったとか、逆に反発を感じたとか……。鈴木さんはどういう人に見えましたか?」

「そうですね、しっかりしているように見える反面、たいへん脆いところのある人で、私はある意味、彼女の相談相手みたいなところがありました。澤田さんには何でも話せるって言ってくれまして。ときどき例の喫茶店に行って話しました。プロデューサーとのあいだで確執があったようですね。取材のしかたや、撮ったばかりの映像について、突っ込みが足りないとか、切り込みが甘いとか、いろいろ言われていたようです。でも予算を握っているのはプロデューサーだからって、こぼしていました。日によっては暗い顔をしてやって来て、こっちが気をつかう始末で。かと思うと元気いっぱいでね。なんか私自身、振り回されていたような気がします。一度、夜中の十二時すぎに突然来たことがあって、私は横になったまま
うとうとしてたんですが、近くにぼうっと立ってこちらを見てるんですね。「どうしたの」って訊くと、それには応えずに、こっちが起きようかなってしているうちにもういなくなっていました。幻のカメラをかかえて現場を撮ろうとしている、そんなふうに見えました。現実と映像の落差を必死で測ろうとしているようにも見えました。いや、単に整理できない気持をかかえてあの辺を歩き回っていただけかもしれません。つかみどころのない、なんか底知れないところをもった子だなとそのときは思いました。

鈴木さんはあきらかに悩んでいました。取材を始めて二ヶ月目くらいでしたが、それがどういう悩みなのか、私にはよくは分かりませんでした。まあ思うように撮影が進んでいないんだろうぐらいに思ってました。ホームレスの問題をかかえ込んで、彼らの悩みをわがことのように感じて距離がとれなくなったのか、撮った映像の波に呑まれてわけがわからなくなったのか、そんなところかなと……」

「鈴木さんの交際相手のことは知っていましたか？」

「イギリスに行っているとかいう？　ええ、少しは聞いていましたが……」

「別れたことも？」

「ええまあ、でもそのことで悩んでるようには見えませんでした。というか、私とはそんな突っ込んだ話はしなかったので。何かの話の流れで私が「恋人はいるの」って訊いたら、「ええ、遠距離ですけど」って、ごく自然な感じで言ってくれたようなことで。それから十月の末に五日ほどまったく顔を見せないことがあって。イギリスに行ってるんだとＡＤの三好さんから聞きました。あとで本人に訊いたら、「別れたんです」って、あんまりあっさり言われたんでこっちが驚いたようなことで……」

「取材期間中に殺意を感じることはなかったんですか？」

「まったくなかったですね。というか、ちょっと待ってください。それって誘導尋問じゃないんですか？　私は殺意というようなものを鈴木さんに感じたことは一度もありません。憤りを感じたことは事実です。鈴木さんにというか、自分自身にというか、プロデューサーにというか、とにかくやり場のない怒りみたいなものを感じました。でもそれは放送のあったあとです」

「年の暮れにあった放送ですね」

「ええ。私はあの放送を見て強いショックを受けました。あの晩、私はテレビを見るためだけに教会が提供している簡易宿泊所に行ったんです。そのときはもうアパートに移っていたんですが、あるものといって蒲団一式と簡単な炊事道具くらいで、テレビはなかったんです。寒い晩でした。深夜の放送だったので、テレビの置いてある談話室には誰もいませんでした。私は食い入るように画面を見つめました。自分をテレビで見るなんてはじめての経験ですから。ちょっとわくわくするような、そんな気持でした。その一方で、ひとの目に自分はどんなふうに映るんだろう、家族や知人が見たらどんなだろうと、それが気がかりでした。

はじめに私が駅のトイレで洗面をしている様子が映りました。歯を磨いて、ひげを剃って、顔を洗って、髪に櫛を入れて――ああ、カメラから見た自分はこんなふうなんだと、しかも至近距離から撮っていたので、鏡を覗いている自分の横顔がまじまじと見られて、恥ずかしいというか、晴れがましい感じでした。じつはあのシーンは三回ほど撮ったので、放送で見たのはおそらくその三つを適当につなぎ合わせたものだろうと思います。一度、あわてていたのか整髪料のビンを落として割ってしまったことがありました。それでガラスの破片やビンの中身が飛び散ったので、洗面台や床をタオルで拭いたんです。その拭き方がよほど丁寧に見えたのか、「きれい好きなんですね」って言われて、人様が使うトイレですからみたいな返事をしたんですが、放送ではビンを割ったことにはまったく触れられてなくて、まるで私が毎朝駅の利用客のためにトイレの洗面台や床を隅から隅まで磨き上げているとでもいわんばかりで……。そのへんからもう、何か変な感じがしはじめたんです。

さっきも言いましたが、そういう演出がされていて、そこで自分がひとつの役を演じているっていうことは、はじめから分かっていたつもりです。ある意味、利用されてるんだってね。それは分かっていたつもりなんですが、でも、じっさい一視聴者として自分をテレビで見ると、やっぱり違うんですね。ほら、テレビって、コマーシャルとかが入るじゃないですか。ニュースがあって、天気予報があって、コマーシャルが入る、そういう流れのなかで番組を見ると、なんか自分の手の届かないところで作られて流されてるって感じがして……。

もうどうしようもないって感じがしましてね。甘かったんですね、考えが。どっかで鈴木さんと一緒に作品づくりをしているみたいな、たいへんおこがましいことで、勘違いもいいとこなんですが、そんな気になってたんでしょうかね。丹念にね、手づくりで。その結果がこれなのかって。考えてたのとぜんぜん違うじゃないかって。

それに私が話したことはほとんどカットされていました。ずいぶんしゃべったんですよ。私ぐらいの年になるといろいろ「持論」がありましてね。公共心だとか、礼儀作法だとか、今の政治のあり方だとか、エネルギー問題だとか……。鈴木さんがいちいち相槌を打ってくれるんで、いい気になってしゃべったんですが。最近、私は共産主義の方がいいんじゃないかって思ってるんです。そんなことも話しました。共産主義こそ正義なんじゃないかってね。もちろん中国や北朝鮮がいいとは思いません。ポピュリズムみたいなのは大嫌いなんですが、もしそういうものが避けられるなら、共産主義こそ理想なんじゃないか、というより、もうそれしかないんじゃないかって。

若いホームレスなんか見ると腹が立ってくるって、そんなことも言いました。若いくせに何やってんだってね。それもこれも全部カットです。まあ当然といえば当然なのかもしれませんが、それでちょっと思い出したことがあるんです。一度職場の宴会で「澤田さんは話がくどい」って言われたことがありましてね。息子か孫ぐらいの年の、経理担当の男の子に。言われた瞬間はちょっとムッとしただけなんですが、それがなぜか時間が経つにつれてボディーブローみたいにじわじわ効いてきたんです。「話がくどい」――その言葉がトラウマみたいになって、しばらく口がきけませんでした。ひどい辱しめを受けたというか、もちろん過剰反応なんでしょうが、なんか自分がみじめでしかたなくて、やるせなくて……。それで思ったんですよ。ひょっとしたら鈴木さんもそんなことをどっかで感じてたんじゃないかって。口ではふんふん相槌を打ちながらね。この人「話がくどい」って。聞きながらもうこの部分はカットしようって、その時点で思ってたんじゃないかってね。だってそうでしょう……検事さん、私の話、やっぱりくどいですかね。」

「いえ、そんなことありませんよ」

「まあいいや。とにかくいろいろしゃべったんです。ホームレス同士の関係ってきれいごとばかりじゃないってことも話しました。さっきも言いましたけど、縄張り争いとか、借金の踏み倒しとか、一種のいじめとか、暴力沙汰とか……。ホームレスって、とくに公園とか河川敷のホームレスがそうですが、チンピラみたいな悪ガキに襲撃されたりするので、そんなときぐらい団結してもよさそうなものなんですが、それもない。みんな自分がよけりゃいいんです。おいしいものにありつけるなら、他人を蹴落としてでも手を伸ばす、そんな連中ばっかりなんです。いや、みんながみんなというわけじゃありませんがね。連帯は市民とホームレスとのあいだよりも、まずホームレス同士のあいだに必要だ、みたいなことも言ったんです。それこそ大見栄切ってね。馬鹿みたいに。ところが「澤田さんは人の絆の大切さについても熱っぽく語っていた」って、ナレーターが体裁よくまとめていただけで、肝心の熱弁のシーンはきれいさっぱり無くなっていました。たしかに、ホームレスが利己的な人間の集まりだなんて、番組的にはNGですよね。ホームレス同士の喧嘩のシーンも撮ったはずなんですが、それも消えていました。

逆にこんなものまで撮ってたんだって驚いたところもあります。私は昔から靴だけはよく手入れするんです。手入れのゆきとどいた、磨き上げた革靴を履いてないと、どうも気持ちが悪いというか、何か落ち着かないんですね。そういうところに目をつけたんでしょうか。放送では、ダンボールの前にきれいに揃えて脱いだ私の靴が大写しになっていました。イタリア製の、ちょっとヒールのある黒い革靴です。だいぶくたびれてますけどね。ピカピカだけどくたびれた、底の擦り減った、それだけにいっそう哀れをさそう、そんな革靴です。一畳ほどのダンボールの「座敷」に上がってくつろぐ前に、きれいに揃えて脱いだ革靴、そんな感じでしょうか。それを見ながら、そういえば撮影のときになんで靴ばっかり撮るんだろうって怪訝に思ったことがあるのを思い出しました。それに続くシーンが、ダンボールの上で胡坐をかいてタバコをくゆらせながらしゃべる私の姿で、それがなんか虚勢を張って生きてる哀れなオヤジに見えるんですね。「痩せても枯れても」みたいなね。馬鹿みたいにタバコばっかり吸っててね。馬鹿みたいに。そうか、こういうイメージを狙ってたのかって思いましたよ。

でも決定的だったのは、テレビに映っていた自分の後姿です。パンパンにふくれたカバンを右手に提げて、日に焼けて白っぽくなったコートを着てとぼとぼ歩く自分の後姿です。右肩をちょっと下げてね。身を抱えるようにして、身を持ち上げるようにして、足をちょっと引きずりながら歩く自分の後姿です。それはもう、なんていうんでしょう……。もう、なんというか……。見てていたたまれないというか……。それがまた親父の後姿そっくりでね。あれだけ嫌ってた、あれだけ軽蔑してた親父の哀れな後姿そっくりで。後姿っていうのは無防備でしょう。というか、カメラを思いきり意識した後姿が、その過剰な意識とともにまるごと映されてて……。映像っていうのは逃げ場がないんです。ぜんぶ映るんですよ。そこまでは正直いって分かっていませんでした。こういう映像は残酷です。これを何万人もの人たちが見てると思うと、もういても立ってもいられなくて……。結局、途中でテレビを切って外に出たんですが、すぐにはアパートに帰りたくなくて、かといって行くあてがあるわけでもなく、ただやみくもに師走の街を歩き回りました。もやもやしたものを抱えながらね。

私は年寄りがきらいなんです。昔、まだ現役のころ、スポーツクラブに通っていたことがあるんですが、そうですね、いつごろからでしょうか、十年前くらいからかな？　急に年寄りが増えてきましてね。ちょっとびっくりしたことがあります。右を見ても左を見ても年寄りばっかりで。自分もいい年なのに勝手な言い方ですが、でも七十とか八十の年寄りがうようよいるんですよ。それでプールで水中エアロビックスなんかやっている。亡霊みたいな年寄り連中が、はい右足上げて、はい左足って、インストラクターのおねえさんの指示に子供みたいに従いながら、今風の音楽に合わせて、水中ダンスというか、よれよれダンスみたいなのを照れもしないで踊ってるんです。何十人もが一つ方向を向いてね。飛んだり跳ねたり、回れ右したり、はい今度は左って。このなかには兵隊に行ったやつもいるんだろうなって、不思議な気がしたっていうか、半ばあきれて眺めていました。上官の命令を直立不動で聞いていたようなやつが、今ではピチピチの女性インストラクターの指示に従って呆けたみたいに踊っている。つやつやした顔でね。くずれた、ちょっと無茶苦茶な阿波踊りみたいなのをね。リズムも何もあったもんじゃなくて、なにせ動きに切れというものがありませんから、ふらふらよれよれで。しかも水中ですから、もたもたもいいとこで。あれ待てよ、また間違えた、なんてね、ひとりで照れたりして。正直みっともないって思いましたね。細く長く生きながらえてる連中がね、ただ生きながらえてるだけの連中が。一種の「楽園の図」ですね。欲望がないかわりに苦悩もない。薄い薄い人生です。意識も半分混濁してて、ただ言われるままに動いてる。ときどきうろたえたり、頭を撫でながら苦笑したりして。誰も見てないのにね。みっともない、情けない、こんなふうにだけはなりたくないって思いました。それがどうですか。テレビに映ってる自分を見ながら、俺もたいして変わらないじゃないかって、たぶんそんな感じがしたんですね。いや、私の場合、無理してかっこつけてるぶん、悲惨というか、救いようがないって、そんな気がしました。いまさらこんなもの見たくなかったって、あんな放送さえなかったら、こんなもの見ずにすんだのにって、こんな年になって拭っても拭いきれない汚点をつけられたって、夜の街をほっつき歩きながらそんなことを考えて悶々としていました」

「取材が終わったあと、鈴木さんとは何度か会ったんですか？」

「撮影がすべて終わったあと、一度だけお会いしましたが、その後は会っていません。電話では何度かお話しましたが。でもなんか忙しそうで、もう次の仕事にかかっているともおっしゃってましたし……」

「電話って、携帯電話ですよね。プリペイドの」

「ええ、職探しに便利なので思い切って買ったんです」

「買ったのはいつですか？」

「去年の十月です」

「鈴木さんにはそれで連絡をとってたんですね？」

「ええ。駅の公衆電話からかけたこともありますが、携帯を買ってからはもっぱらそれで電話したりメールしたり……。といっても、次の取材の予定を訊いたりとか、その程度のことですが」

「テレビ局にも何度も電話したようですね？」

「ええ、まあ……そんなに何度もっていうわけじゃありませんが……」

「放送のあとですね？」

「ええ」

「なんのために？」

「会って話したかったからです。放送された作品をどう思ったか訊きたかったからです。それと、私がどう思ったかも伝えたかったし」

「でも鈴木さんは会いたがらなかった、そうですね？」

「ええ、はじめは鈴木さんの携帯に電話してたんですが、さっきも言ったように忙しそうで、あとでこちらからかけますなんて早々に切り上げられて、でもいくら待ってもかかってこなくて……。そのうち何度電話しても出てもらえなくなりました。着信拒否っていうんですか。メールもいっさい無視で。それでいったんは諦めたんですが、なんか気持ちがおさまらなくて……。それに鈴木さんがそんなふうに手のひらを返したような態度をとるのがショックというか、許せなくて……。それで思い切って局に電話したんです。でも居留守を使われたみたいです。鈴木はいま不在ですってそっけなく言われたんですが、なんか示し合わせたような口調でした。そのあとは何度電話しても判で押したように同じ応対で。ストーカー扱いされてたんでしょうかね」

「で、どうして二月十七日に会うことになったんですか？」

「前の日に急にあちらからメールがあったんです。「お会いしたいです」って。びっくりしました。いや、じつをいうと一月末にも同じようなメールがあったんですが、そんなメールをしておきながら、結局そのあとは無しのつぶてで会ってはもらえませんでしたから、びっくりはしましたが半信半疑でした。というか、何を考えてるのか不可解で、人を小馬鹿にしてるような、弄んでるような感じもして、でもとにかく会って話したかったですから、「よろしければぜひ」みたいな返事をしました。すると「仕事の帰りに」って返してくれて、S駅の改札で七時に待ち合わせることにしました」

「S駅というのは鈴木さんが帰宅するときに乗り換える駅ですね？」

「ええ、あのあたりは私もよく知っているので、駅の近くの居酒屋にでも行こうと思いまして。でも鈴木さんが来たのは九時半すぎでした」

「そんなに遅くに？　断りもなしにですか？」

「いえ、六時ごろ電話があって、急に同僚と飲むことになったたって言われました。「でも一杯だけなので、ちょっと遅れますが必ず行きます」って。私のほうはその時間にはもうS駅に着いて、その辺をうろうろして暇を潰してましたから、出鼻を挫かれた感じで、腹も立ちましたが、「いいですよ、ゆっくり楽しんでください」って返事しました。でもなんかいやな予感はしてましたね」

「いやな予感って？」

「けっこう遅くなるんじゃないかって、そういう意味です。誰だって一度飲みはじめるとすぐに切り上げるってわけにはいかないものでしょう。案の定、そのあと二、三度、遅れる旨のメールがあって、そのたびに謝ってましたが、来たのは結局九時半すぎでした」

「鈴木さんに会って、二人で居酒屋に行ったんですね？」

「ええ、S駅の裏手にある「あけび」という居酒屋に行きました。彼女のほうから「飲みましょう」って言われたんで……」

「そこでどんな話をしたんですか？」

「のっけから仕事の愚痴でしたね。すぐには気づかなかったんですが、鈴木さんはすでにかなり酔っぱらってました。あるDV事件の取材をやらされていて、関係者に話を聞いて回っていると言っていました。母親が自分の娘を虐待して死なせたっていう、例の事件です。私こういうのだめですって、頼りなさそうに言うんです。でも何がだめなのか、あまり要領を得ませんでした。たぶん上司のこととか、個人的な理由とかがあるんだろうなと思いましたが、なにせ私のほうはそれどころじゃなくて……。私はやっと鈴木さんとあの話ができるって、今か今かと待ってたんです。前の晩なんかそわそわして眠れないくらいだったんです。駅で待ってるあいだも落ち着かなくて、あっち行ったりこっち行ったり……。そのうえあれだけ待たされて、やっと来たと思ったらもう出来上がってて、口を開いたと思ったら私の与り知らない仕事の話ばかりで……。うわべはふんふん頷いていましたが、この人いったい何考えてんだって、というか俺はいったいここで何やってんだって、妙にねじれた、いらいらした気持ちが底の方にありました」

「それであの話はしたんですか？」

「ええ、今の仕事の話をひとしきり聞いたあとで、我慢できなくなって私から尋ねてみたんです、「あの放送、見ましたか」って。おずおずと訊いてみたんですが、一瞬なんのことか分からなかったみたいで、「あのホームレスの」って言うと、すぐに「ああ、あれですか」って、ちょっと他人事みたいに言って、「その節はお世話になりました」って、ちょこんと頭を下げました。それから少し明るい顔になって、「あれ民放連盟賞もらうかもしれないんです」って言うんです。ちょっと自慢げにね。「まだ先の話で、決まったわけじゃぜんぜんないんですけど、でもプロデューサーが賞の選考委員を知ってて、たぶんいけるんじゃないのって。ここだけの話ですけど」って……。私も「ほう、それは楽しみですね」って応えたんですが、体よくはぐらかされた感じがして、いや鈴木さんにはそんな気持ちはなかったんでしょうが、とにかく何も言う気がしなくなって、もう適当に切り上げようかとまで思いました。

鈴木さんにとってあれはもう終わった話だったんですね。そんな感じがしました。たぶん撮りたい映像を撮って、編集をチェックした時点で終わった話だったんです。頭はもう次の仕事のことで一杯で、あの作品がオンエアされてどう映ったかとか、視聴者がそれをどう受け取ったかなんて、どうでもよかったとは言いませんが、考える余裕がなかったんだろうと思います。そのうえ私が恨みがましいことを言ったところで、怪訝な顔をされるのが落ちなんじゃないかって」

「じゃあ突っ込んだ話はしなかったんですか？」

「ある程度はしましたよ。でも真意はまったくといっていいほど伝わらなかったように思います。私も悪かったんです。私の方に警戒心というか、猜疑心というか、そういうものがあって、思っていることをなかなか言えませんでしたから。じつは鈴木さんに会うずっと前から、たぶん放送を見終わって街をほっつき歩いていたときから、彼女との問答は始まっていたんです。私の頭のなかでね。架空の対話が、これでもかこれでもかって。もう勘弁してくれよって言いたくなるほど。そのうち私、変になってきましてね。いや、自分で言うのもなんですが、明らかに妄想が入ってきて、ときどき意地悪な、悪魔みたいな鈴木さんが出てきて、私を小馬鹿にしたような口をきいて……。「あけび」で飲んだときも、そんな鈴木さんが二重写しになって見えて、「ええっ？」て言うんです。テレビで見た自分がみじめでしかたなかったですって？　それってどういうことですかあ？　それにホームレスがみじめなのは当たり前っていうか、いまさらみじめも何もないんじゃないかって、だってそうでしょう、ふつうそう思いますよねえ、ホームレスの身でよくそんな……しょせんホームレスはホームレスでしょうって……。いやじっさいは鈴木さんはそんなこと言ってないんですよ。私の言ってることがよく解らないとか、あの作品がそういうふうに受け取られたとしたら残念だとか、あまり当りさわりのない返事をしていただけです。でも私には彼女の言葉の端々に悪意というか、一種ぞんざいな態度が見えるような気がして、それが許せなくて……」

「それが犯行の動機だって言うんですか？」

「犯行の動機なんて、そんなふうに言えるようなものは何ひとつありません。べつに計画的な犯行だったわけじゃありませんから。でも事の成り行きであんなことになって……」

「偶然だって言うんですか？」

「いえ……、でも偶発的に起こったことであることはまちがいありません。鈴木さんを死なせてしまったことじたいはですね。でもどう言ったらいいか……、原因といえるかどうかは分かりませんが、私のなかに大きなわだかまりがあったことは事実です。はじめは単に納得いかないっていう気持ちだったのが、ちょっとずつ憎しみみたいなものに変わっていったと言うか……」

「『あけび』にはどのくらいいたんですが？」

「結局十二時過ぎまでいました。私はもっと話したかったんですが、鈴木さんの終電が十二時四十分ごろだったんで、十五分ごろ店を出ました」

「あなたの終電はもうとっくに出ていた時間ですよね？」

「私のことはどうでもよかったんです。鈴木さんだって、タクシーで帰ろうと思えば帰れない距離じゃなかったんですが、終電に乗り遅れるからって、急に思い立ったみたいに言って……」

「店を出たあと、あなたも駅まで行ったんですね？　見送るつもりだったんですか？」

「ええ、はじめはそのつもりだったんですが、二人で歩いているうちに、なんかこのままじゃ気持ちが収まらない感じがして……。二人とも無言で歩いてたんですが、駅の近くまで来たとき、私が「もう一杯だけ飲みませんか」って誘ったんです。鈴木さんが降りるM駅の近くでいいからって。それが聞こえなかったのか、それとも無視したのか、とにかく鈴木さんはそれには答えないで、私にはかまわずS駅の構内に入っていきました。私がそう言った瞬間、ちょっとだけ歩く速度が緩まったので、耳には入ったんだと思います。無視したんでしょうね。二人ともかなり酔っていました。急いで切符を買って、改札を通って、前を行く鈴木さんにやっと追いついたと思ったら、彼女が急に立ち止まって、こちらを見て「澤田さん」って。ちょっと歪んだ、見たことのない顔でした。泣いているようにも見えました。「私にどうしろっていうんですか？　もういい加減にしてください」って。そしてクルっと背中を向けて……」

「それは駅の構内のどのへんでのことですか？」

「二番ホームに降りる階段の上のところです。それで鈴木さんがホームに降りていこうとするので、腕をつかみました。つかむというか、すがるような感じでした。そしたら、絞り出すみたいにして「もう、しつこいんだから」って、私の手を振り払うようにして私を押したんです。本気で、びっくりするような力で押してきたんで、私はよろめいて尻もちをつきました。踏ん張ろうとした足が滑って、バランスを失って尻もちをついたんですが、それがなんとも無様で……、誰かに見られてないかって思わず周りを見回したくらいです。それでムラムラっと来て……。そのあとのことはあまりよく覚えていません。なにせそうとう酔ってましたから。ふらふらでしたから。階段を二、三段降りかけた彼女の丸い背中が見えて、それを目がけて飛びかかっていって、背中を思いきり突き飛ばしたんだろうと思います。一瞬のことでした。気がついたら私は階段の途中で逆さに倒れていて、腕と肋骨が痛くてしばらく動けませんでした。前を見ると、鈴木さんが階段を降りきったところでうつ伏せに倒れていて、頭のまわりが血だらけでした。すぐに鈴木さんの周りに人だかりができて、大騒ぎになりました。駅員を呼びにいったんでしょう、男の人が階段を駆け上がっていくのが分かりました。女性の悲鳴のようなものも聞こえました。携帯で救急車を呼んでいる人の声も聞こえました。私のところにも人が寄ってきて、「だいじょうぶですか?」って、助け起こそうとしてくれました。私が突き飛ばしたのは見られてないんだなって、とっさに思ったことを覚えています」

「それで逃げたんですね」

「逃げたわけじゃありません。階段に坐ったまま呆然としていました。駅員が駆けつけて、いろいろ訊いていました。そのうち救急隊員が担架をもってやって来て、鈴木さんを運んでいきました。それも一瞬のことだったような気がします。「あの男じゃないの」って、こちらを見て言う人もいましたが、なにせみんな終電に乗り遅れないようにって急いでましたから。それに私があんまり無防備に、ボーっとしていたんで、ただの酔っぱらいの見物人だと思われたのかもしれません。鈴木さんが運ばれていったあと、私は改札に戻りました。改札口を出て、駅のロータリーのベンチに腰かけてじっとしていました」

「すぐに自首しようとは思わなかったんですか？」

「何かを考えられる状態じゃなかったですね。というか……、自分が死ぬことしか考えていませんでした。でも頭が朦朧としてて、倒れ込みそうで、何をどうしたらいいのか、何から手を付けたらいいのか、まったく分かりませんでした」

「鈴木さんは死んだんじゃないかとは思わなかったのですか？」

「それは思っていませんでした。というか、身勝手なことですが、死んだかどうかについては何も想像していなかったように思います。想像したくなかったのかもしれません。でもそのうちひどく吐いて、胃の中のものをぜんぶ戻したら、こんどは寒くなって、からだがガタガタ震えだして、そしたら酔いが一気に退いていく感じがして……。そのときですね、大怪我させてしまった、大変なことをしてしまったって思いだしたのは……」

「それで自首したんですね」

「ええ、警察に電話したら、すぐにパトカーが来ました」

2

私は澤田の話に納得しなかった。この男は何か重要なことを話していないと思った。だいいち話が理路整然としすぎている。それにエピソードめいた話まで交えるのも、何か他人事のようだった。不思議な男である。私は三十年検察官をしているが、こんな男ははじめてである。言葉がクリアすぎる。このニヒリズムは何なのだろうと思った。

テレビに映った自分のイメージにショックを受けたという、そのことは分からないではない。私も澤田とほぼ同じ年代なので、老醜といったものにたいするやりきれない思いも共有できないわけではない。それが一種の狂気と隣り合わせであるということも知っているつもりである。しかし澤田の説明は、よくある初老の男の「暴走」の説明にしては観念的すぎるように思われた。人は「映像」が原因で殺人に走るだろうか。いったいそんなことが可能だろうか。

よく分からないのは、澤田と被害者との関係である。澤田の話からは、彼らの親密度が測りかねた。とくに取材が終わってからの二人の関係がよく分からない。というより、彼らの会話が腑に落ちない。二人の心の動きが焦点を結ばないのである。何か別のアプローチが必要だと私は思った。

私は、澤田の話に出てくる田中という男に興味をもった。この男自身がうさんくさいと思っただけでなく、澤田について何かを教えてくれるのではないかという直観をもったからである。その後の調査で、田中にいくつか前科があるということも分かった。そこで、捜査員を介して任意聴取に応じるよう求めたが、案の定、田中は言下にそれを突っぱね、その後すぐに行方をくらました。しかし、この男を引っ立てるのに時間はかからなかった。三日もしないうちに別件で逮捕されたのである。それは古い刑務所仲間と共謀した、たちの悪い恐喝事件だった。

取調室に姿を見せた田中は、いかにも敏捷そうな痩せぎすの男で、貧乏ゆすりをしたり、右を向いたり左を向いたり、大きなため息をついたりと、終始落ち着かない様子だった。澤田の事件に話を向けると、「俺になんの関係があるんだよ」と気色ばんだが、あくまで参考人として話が聞きたいだけだと念を押すと、少し安心したのか渋々応じはじめた。田中はのっけから意外なことを言った。

「あのおっさん、局アナと付き合ってたんだよ。検事さん、知ってた?」

「局アナって？」

「殺された女の子だよ」

「局アナじゃないだろ。放送局の社員だけど」

「そんなことどうだっていいよ。とにかく、あいつらデキてたんだよ」

「何を根拠にそういうこと言うんだ？」

「だって俺、見たもん、ラブホから出てくるとこ。ほら、あの駅前のアーケードの裏手にある「ローズボンボン」っていうラブホ。俺だけじゃないよ。目撃情報はほかにもあるんだ。あのおっさん、ああ見えて隅におけない男でね。絶倫らしいよ」

そう言うと田中は、私の目を見て「ひっひっ」と笑った。

「おまえだって若い女の子相手におかしなことしてるそうじゃないか」

「なんだって？　なんのことだよ。変な言いがかりつけるんじゃねえよ」

「S通りの雑居ビルの階段で。だいたい見当はついてるんだ」

田中の顔に急に動揺と警戒の色が浮かんだ。

「なんのことだよ。冗談じゃねえよ。ひょっとして、あのおっさんが何か言ったの？」

「ああ、いろいろ教えてくれたよ」

「俺は関係ねえよ。あいつがせがむから、連れて行ってやっただけだよ」

「せがむって、どういうことだ？　事前に何か知ってたのか？」

「俺が教えてやったんだよ、たまにそういうことがあるって。そしたらえらく乗り気でさ。私もそういうの嫌いじゃないんで、一度ぜひお願いしますって。あの手のムッツリ助平はいつもそんな言い方するんだよ。『そういうの嫌いじゃないんで』って、ったく笑わせるよ。好きで好きでたまりませんって言えよっていうんだよ。あのおっさん、たんなる変態だよ」

「おまえは常連なのか？」

「冗談じゃねえよ。誘われて二、三回行っただけだよ。ただの見物人だよ」

田中のような男はちょっと揺さぶりをかけただけで訊かれてもいないことをぺらぺらしゃべる。ただし話には巧妙に嘘が混ぜてある。この事件は、澤田の話とは別に、警察がすでに内偵を始めていたもので、その結果、これがあるホストクラブの経営者とその店に出入りしている個人タクシーの運転手が共謀して考え出した「見世物」だということが分かっていた。店で酔いつぶれた若い女性客をタクシーに乗せ、雑居ビルの階段や人気のない公園に連れてゆく。そこに直前に連絡を受けた「見物客」が集まる。そして女性をさんざん弄んだあげく、何ごともなかったかのように自宅に送りとどける。あやうい、場当たり的なビジネスである。

それでも「集まり」は昨年五月から八月末までのほぼ四ヶ月間、月二、三回程度開かれていた。田中はそこで場所選びを担当していたようだ。足がつくおそれがあったからだろう、場所は何度も変えられていた。客は相応の「見物料」を払わされていたようだが、澤田は田中の知り合いということで免除されたのかもしれない。

被害者の大半はフーゾク嬢だったが、たまにホストに入れあげた素人女性もいた。被害届は出ていなかったが、事件は意外なところから発覚した。客のなかに現場を動画に撮っていた者がいて、その動画がインターネットのアダルトサイトに上げられていたのだ。それに生活安全課のサイバー犯罪対策係が目をつけ、内偵を始めたというわけである。昨年末のことだ。私は澤田の供述を聞くまでそのことを知らなかったが、澤田の事件を一緒に担当した望月という警部補が知っていて、澤田が語っているのはこれではないかと教えてくれた。警部補によると、もう半年以上も前の犯罪であり、現場を押さえていないので立件は容易ではないが、ホストクラブが狙いをつけた女性客の酒に薬物を混ぜていた可能性もあるということだった。

私は生活安全課に赴き、いまはすでに削除されているらしいその動画を見せてもらった。不思議な映像だった。場所は雑居ビルではなく、外灯におぼろげに照らされた夜の公園の一角で、ベンチに坐らされた半裸の女性の周りを五、六人の男たちがまるで夢遊病者のようにうろついていた。画質は粗く、男たちの顔にはボカシが入れてあったので表情は分からなかったが、何かをぶつぶつ呟いている者もいた。呪詛の言葉のようにも聞こえた。夏の盛りの真夜中の公園である。隠し撮りをしているからか、それとも撮影者が興奮で震えているのか、映像はひっきりなしにブレていた。そのうち客の一人が女性に近づき、下腹部あたりに顔を埋めるようにして抱きついた。一瞬、女性の顔が大きく映った。頭をやや傾げ、目はつぶったまま、だらしなく口を開けている。キャミソールの肩紐が片方だけずれ落ち、左の乳房の先が見えそうになっていた。まもなく二、三人の男が次々と女性のからだに手を伸ばした。指を女性の口に突っ込む者もいた。後ろに立ったまま自慰をしている男もいた。一瞬、よく磨いた黒い革靴が目に入った。私はおやと思った。この部分を何度か再生して確かめたが、それを履いているのがどんな風貌の男なのかは判別できなかった。

それにしても、澤田が被害者と肉体関係をもっていたという田中の証言は衝撃だった。しかし本当だろうか。澤田は、自分にとって不都合な真実が田中から明かされるかもしれないと思っていたら、わざわざ田中の話はしなかったはずだ。被害者とラブホテルを出てくるところを田中に見られたことを――それが本当だとして――、澤田は気づいていなかったのかもしれない。この点についても田中を質してみたが、田中の返事はあいまいだった。私はこの男からはこれ以上の手がかりは引き出せないと見たので、田中からの聴取を早々に切り上げようと思った。

ところが田中は最後にこれも意外なことを言った。

「それにあのおっさん、ああ見えて過激派だからね」

「どういうことだ？」

「ほら、去年の八月にホームレス襲撃事件っていうのがあっただろ？　高校生とかヤンキーのガキが集団でホームレスを襲ったっていう。バイクで体当たりしたり、バットで殴ったりして大怪我させた。そのあと怒ったホームレスが四、五人でガキらに逆襲した事件もあったよね。ガキ一人が死んで、もう一人が重傷を負ったっていう。あれT公園であったことなんだけど、そのときあのおっさんもいたんだよ。俺のすぐ近くにね。まあ野次馬だよね。だけどあのおっさん「やれ、やれ」って、声張り上げてホームレスの応援しててさ。やつら鉄パイプみたいなのでガキをガンガン殴ってたんだ。これ以上やったら死ぬんじゃねえかっていうぐらいね。それでもおっさん「やれ、やってしまえ」って、すげえ剣幕でね。そんなに言うんだったらてめえがやれよっていう話だけど。あいつらもガキ殴ったって一円にもならないのにね。よくやるよ、ったく」

「澤田とはそのときに知り合ったのか?」

「まあね。K駅に来いよって言ったのも俺なんだよ。寝場所を探してるみたいだったからね。なんだかんだいって、あのおっさんけっこう俺に世話になってんだよ。いろいろね」

田中はそう言ってまた「ひっひっ」と笑った。


一方、私は、別の情報源から、澤田と被害者の関係についてこれも驚くべき情報を手に入れた。澤田は農水省で部長級にまでなった末にうつ病を患ったと先に書いたが、うつ病の原因は澤田の直属の上司によるパワハラだったようである。組織の体質もあってパワハラは表沙汰にはならなかったが、澤田がいた部署では公然の秘密だったという。この元上司は名前を鈴木幸二といって、いまは農水省の外郭団体の役員をしている。いわゆる天下りである。なんとそれが被害者鈴木祐子の父親だったのである。鈴木幸二には娘が二人いて、祐子は長女だった。

情報提供者は当時同じ部署にいた四十代の役人である。彼は、自分の名前を絶対に出さないという条件で、当時のことを手短に話してくれた。彼によると鈴木のパワハラの被害者は澤田だけではなかったという。被害者にはキャリア組の若手が多く、なかには隠微ないやがらせを受けて昇進を阻まれた者もいたらしい。

「最初はいいんですよ。最初は自分の味方だと見ると猫可愛がりに可愛がるんです。ところが、ある時点から急に手の平を返したように無視するようになる。冷たくするだけじゃないんです。無視するんです。廊下ですれ違っても知らんぷりです。理由は分かりません。理由はけっして言わない。こんな態度の急変を目の当たりにしたら、相手は当然おろおろしますよね。とくに若手の場合。何があったんだろう、何か自分に落ち度があったんじゃないかって、ひどく悩むことになります。じっさいそれが原因で配置換えを願い出た者もいましたし、辞めた者もいました」

「理由は言わないとおっしゃいましたが、本人のなかでは理由はあったんでしょうか?」

「親しい同僚には、あいつは馬鹿だとか、仕事ができないとか、能力がないなどとよく零していました。理由といえるようなものがあるとしたらそれでしょうが、でも結局は自分との相性の問題なんだろうと思います。あと、敵か味方かっていう、これも勝手な腑分けですね。とにかく他人とふつうの距離がとれない人で、囲い込むか排除するか、どちらかしかないんです。一種の病気ですよ。ある意味、自分でもどうしようもなかったんだと思います。仲間意識が強くて、秘密のコネクションみたいなのを作るのが大好きだったので、逆にそれで生き残れたんだと思いますよ。仲間と見た人間には必要以上に手厚かったですから。少なくとも一定期間はね。とにかく公平さとは無縁の人でした」

「無視される以外にどんな被害があったんですか？」

「とくにひどかったのは仕事の丸投げですね。課長になってからのことですが、最初は自分が主導して企画した仕事でも、気に入らないことがあると途中からサボタージュするんです。適当な理由をつけて会議をサボったりするんですね。書類も右から左に回すだけで目も通さない。そのくせ企画がうまくいくとそれをちゃっかり自分の業績にしてしまう。そんなことは日常茶飯事でした」

澤田についても話を向けてみた。

「澤田さんは繊細な方ですから、ずいぶん悩まれたと思いますよ。それに部下といっても鈴木さんとは二、三歳しか離れていませんでしたから、何かと苦労されたことと思います。最初は仲がよかったんだと聞いています。いつものパターンですね。入省当時は家族ぐるみの付き合いまであったらしいです」

この役人は、事件のことがあるせいか、澤田についてはこれ以上のことは話さなかったが、少しためらいながら最後にこう付け加えた。

「鈴木さんには敵は多いですよ。本人はもう時効だと思ってるかもしれませんが、いまでも機会があれば失墜させてやろうと思ってる人間はいくらもいますよ」

澤田は被害者の父親が誰であるかを知っていたのだろうか。被害者と何度も会い、彼女の私生活にまで立ち入った話をしていた澤田がそれを知らなかったとは考えにくい。だとすると彼はこのことを私に隠していたことになる。彼はなぜこんな重要な事実を、しかもいずれ判明するにきまっている事実を取調べで明かさなかったのか。澤田が被害者の父親の元部下だったことは、じつは被害者の親族の側からもすぐには明かされなかった。これも不思議といえば不思議である。とくに父親は、容疑者の名前を知った時点でこのことに気づいたはずである。いや、自分の娘がホームレスを取材しているときにすでに、そのなかに澤田がいることを知っていた可能性もある。事件の鍵はこのへんにあるのかもしれないと私は思いはじめた。

最初の取調べから十日が経った三月初旬、私はふたたび澤田と向き合っていた。その日は明け方から雪で、庁舎の中庭もめずらしく一面雪景色だった。澤田は顔色が悪く、その表情には前回は見られなかった翳りが感じられた。ときどきひどく咳き込み、苦しそうに肩を丸めた。

「からだの方は大丈夫ですか？　顔色があまりすぐれないようですが」

「風邪をこじらせたみたいです。でも大したことありません。大丈夫です」

私は単刀直入に訊いた。

「鈴木祐子さんの父親を知っていたんじゃないですか？」

「……」

「なぜ言わなかったんです？　どうせ分かることなのに」

「そのことについては勘弁してください」

「何か話せない事情でもあるんですか？　農水省に在職中に鈴木幸二氏からパワハラを受けていたと聞きましたが」

澤田の顔に緊張が走った。

「もう終わった話です」

「今回の事件とは関係ないということですか？」

「関係ないと思います」

　この日の澤田は自分を閉じているなと私は思った。仮面を被っている感じがした。ただし堅牢な仮面であるようには見えなかった。彼の言葉にも力がなかった。

「鈴木さんの父親が元上司だと知ったのはいつですか？」

「……」

「このことについて話したくないというのは分からないでもないですが、それがあなたにとって有利に働くことはないと思いますよ」

「それで結構です」

　取りつく島がないといった感じだった。私は、ちょっと迷ったが、思いきってもうひとつの疑問をぶつけてみた。

「あなたが鈴木さんとラブホテルから出てくるところを見たという者もいるんですが」

　澤田の土色の顔にみるみる赤味が射すのが分かった。澤田はじっと私を見つめ、それからまた目を反らせた。

「誰が言ったんです？」

「心当たりはありませんか？」

「ありません」

「本当にないんですね？」

「ないですよ」

「あなたが話していたホームレスの田中という男です」

「あんないいかげんな男、でたらめ言ってるだけですよ」

「たしかにでたらめな男ですが、じっさいに見たというのでなければ、わざわざこの種のことを持ち出す理由がありますかね」

「あの男は日ごろから私のことを好色漢だと言いふらしていました。なぜだか分かりません。一度AV女優の話で盛り上がったことがあって、それがいけなかったのかもしれません。私はあんまり馬鹿馬鹿しくて、勝手に言わせておいたんですが、あの男は、スケベだとかバカだとか、そんな貧しいカテゴリーでしか人間を捉えられないんですよ。哀れな男です」

「じゃあ鈴木さんとラブホテルに行ったというのは事実ではないんですね？」

「事実ではありません。だいいち親子ほども年が離れているんですよ。私はいいとしても、鈴木さんに失礼でしょう。しかもラブホテルだなんて……。私が言うのもなんですが、鈴木さんにたいする冒瀆ですよ」

「鈴木さんに恋愛感情を抱いていたということもないんですか？」

「どうしてそういう質問が出てくるんですか？　検事さんは何か勝手なストーリーを描いておられるんじゃないですか？」

「イエスかノーかで答えてください。恋愛感情はあったんですか、なかったんですか？」

「ありませんでした。そのあたりのことは前回申し上げたとおりです。付け加えることは何もありません」

澤田はこう言ったあと、完全に口を閉ざしてしまった。前回の饒舌が嘘のようだった。しかし沈黙もひとつの情報である。この抵抗は、私にたいする不信感や警戒心というより、澤田の心のもっと深い部分から来ているように思われた。


私は被害者の元交際相手の真田という男性からも話を聞くことができた。待ち合わせた喫茶店に現れたのは、背の高い、明るい感じの若者だった。鈴木祐子とは同じK大学の二年先輩で、彼の方は大学院に進み、いまは英文科の博士課程に籍を置いていた。一年半のイギリス留学を終えて今年初めに帰国したばかりで、この四月からJ大学に講師として就職することが決まっているということだった。

「鈴木さんとは大学時代からのお知り合いだったんですよね」

「はい、学部は違ったんですが、同じサークルの後輩でした」

「軽音のサークルですね？」

「ジャズ研です。同じビッグバンドのメンバーでした」

「じゃあそのころからのお付き合いで？」

「いいえ、付き合いはじめたのは彼女が卒業してだいぶ経ってからです。ジャズ研の飲み会が年何回かあって、それにはOBも参加するので、ときどき顔は合わせていたんですが、彼女には学生のころから付き合っていた彼氏がいましたから……」

「失礼ですが、どんな方だったんでしょうか」

「それはちょっと……、言いにくいですね。じつは僕もよく知らないんです。かなり年配の方だったようです」

「既婚者とか？」

「まあそうですね」

「その彼氏と別れて真田さんと？」

「そういうことになりますね」

歯切れの悪い返事だった。若者の端正な顔に少し翳りが見えた。そして、しばらく黙ったあと、思い切ったようにふたたび話しはじめた。

「鈴木さんとの関係は、正直いってとても悩ましい関係でした。つらい経験でした。何がつらかったかといって、彼女については分からないことが多くて……。過去の男性関係がそうですが、それだけではありません。それに心の状態がいいときと悪いときの差が激しくて……。正直、手こずりました。というか、振り回されました。とにかくすごく苦しんだんです。彼女と付き合ったのは二年足らずですが、そのうち半分以上はイギリスに行ってましたから、正味十ヶ月程度なんです。じつは留学したのも、彼女といたら自分が駄目になるんじゃないかと思ったからでした。距離をとらなきゃと思って……。でもこんなことになるって分かっていたら……、もっと寄り添ってあげていたらって……」

絞り出すような声だった。顔を覆った手の指が美しかった。

「鈴木さんのことがよく分からなかったとおっしゃいましたが、どのへんが一番分からなかったんでしょうか」

「プライベートの部分ですね。仕事の話はよくしてくれたんです。放送局のことですね。何がしたいとか、何で悩んでいるとか、そういう話はよくしてくれました。とくに路上生活者についてのドキュメンタリーの取材と撮影が始まってからは、とにかく話を聞いてほしかったみたいで、留学先に何度もスカイプで電話がありました。すごい意気込みでしたが、そのぶん悩むところも多かったようです。彼女はひとつのことに集中すると他がまったく見えなくなるタイプなんです。僕がいま何をしているかとか、どんな気持でいるかとか、そういうことにはまったくお構いなしに、いい映像がとれたとか、カメラマンががんばってくれたとか、ADが気に入らないとか、予算がどうだとか、編集に苦労しているとか、上ともめているとか、いろいろ聞かされました。超過勤務と睡眠不足で体調が悪いとも言っていました。僕はたいしたアドバイスもできなくて、聞き役に徹していたんですが、でもそれはいいんです。いつものことですから。その部分では問題なかったんですが、プライベートな人間関係、というか男性との関係のことになると、急によく分からなくなるんです。なんと言ったらいいか……」

「それは、どういうことでしょう？　真田さん以外の人と関係をもっていたということですか？」

「そう疑わざるをえないことが何度もありました。それは付き合いはじめたときからそうだったんです。さっきお話しした前の彼氏とも本当に別れたのかどうか、いや別れたことは別れたんでしょうけど、そのあと全然会ってなかったのかどうか、結局よく分かりませんでした。留学中も、おかしいなと思うことが度々ありました。たまに日本時間の夜遅くにこちらから電話することがあったんですが、何度かけても不通だったり、通じても、どこにいるのか、誰といるのかがよく分からなかったり……。訊いてもちゃんと答えてくれないし、明らかに嘘をついているなと感じたこともありました。僕も悪かったんです。そんなことで彼女を問い詰めたりするのがいやで、疑いを抱いたまますずるずる付き合っていたので……。でも結局それが耐えられなくなって別れてしまったんですが」

「去年の十月末に鈴木さんがあなたに会いにイギリスに行ったのは、そのことと関係しているんですか？」

「はい、その直前に僕の方から別れ話を持ちかけたんです。そしたらそれが相当ショックだったみたいで、ちょっと待ってほしい、会って直接話したいって。たしかに彼女にとっては唐突だったでしょうね。それまで別れ話なんて全然出てなかったですから。ふつうにうまくいっている関係だと彼女は思っていたと思います。まあ、よくは分かりませんが……。でも僕のなかではもう限界でした。日本にいるときもかなりしんどかったんですが、遠距離だとよけいに妄想が膨らんで……。ほとんど憎しみに変わっていました」

「憎しみですか……」

「それに、博士論文を仕上げるためにロンドンに行ったのに勉強が手につかなくて……。精神的にかなり不安定になっていました」

「ロンドンではどんな話をされたんですか？」

「彼女がいたのは正味四日ですが、喧嘩ばかりしていました。はじめはせっかく久しぶりに会ったんだからあまりカリカリせずに、落ち着いて冷静に話し合おうと思ったんですが、駄目でしたね。僕の方が駄目でした。彼女といるといつもそうなんですが、彼女のペースに合わせていると何事もなかったかのように時間が過ぎていくんです。僕がゴネて、不満を表明しないと、彼女は立ち止まってくれない。でも肝心なことはなかなか言えないんですね。デリケートな問題ですから。それに僕自身、自分の抱えているのがひょっとしたら根拠のない妄想かもしれないとどこかで思っていることもあって、大事なことはなかなか切り出せません。だからつまらないところで反発して、僕にとってはそれは「本題」に入るきっかけにすぎないんですが、彼女にはそれしか見えないから、いったい何が問題なのってなるんです。僕がどうでもいいことにこだわっているだけだって。僕がそれに反論できないでいると、今度は彼女が逆攻勢に出てくる。私がこんなに仕事で悩んでいるのに、こんな大変な時期なのに、ちゃんと受け止めてくれないって。しまいに働く女性に理解がないんじゃないのみたいなことまで言われて、今度はまた僕がキレる。僕としては譲歩に譲歩を重ねて、耐えに耐えてきたという意識がありますから。それで罵り合いみたいなことになる。そういうのがパターンでした」

「では突っ込んだ話はできなかったんですか」

「ロンドンではさすがに僕も心を決めて、なるべくダイレクトに話そうとしたんですが、肝心の話になると例によってはぐらかされて……。それにさっき申し上げたように僕の精神状態は最悪でしたから、もうどうにでもなれと思ったり、とにかく早く別れたいって、そればっかり思ったり、まともな対話にはなかなかなりませんでした。僕も子供だったと思います。ひどいことも言いました。彼女が亡くなったいま思い出すのは、ひとことも交わさないでロンドンの街中をひたすら歩き回る二人の姿です。トラファルガー広場とか、ソーホーとか……。すたすた歩く僕の後ろから、彼女も無言でついてきました。二人のあいだには険悪な空気が流れていました。とにかくあてもなく歩き回って、疲れたらカフェとかパブに入るんですが、そこでも終始無言でした。一度はぐれたことがあって、心配していろいろ探し回ったんですが、アパートに帰ったら建物の前でじっと待っていました。そのときも、やさしい言葉ひとつかけてあげられなくて……。知らない街で、本当ならいろいろ見物したり買物したりして楽しい時間が過ごせたはずなのに、さびしい思いをしただろうなって、いまになって思うんです」

ふたたび苦しそうな表情が見えた。目が潤んでいた。

「鈴木さんとの関係を疑っておられた相手というのは、どなたですか？」

「それは言わないといけませんか？」

「差し支えなければ」

「テレビ局のプロデューサーの方です。でもよく分かりません。確信があるわけではありません」

「北見さんという方ですね」

「そうです」

「疑われた根拠というのは？」

「根拠と言えるかどうかは分かりませんが、その北見という人のことは以前から何度も話題に上っていました。企画を持っていってダメ出しされたとか、苦労して撮った映像を何度も撮り直しさせられたとか、そもそも考え方が甘いって全否定されたとか、とにかく仕事にたいへん厳しい方だと聞いていました。それですごく悩んでいたみたいですが、その一方で、鈴木さんはその方に憧れているようにも見えました。もともと仕事のできる年上の男性に惹かれるタイプなんです。もちろん、それだけならどうということもないんですが、そのプロデューサーとはたびたび飲みにいったりもしていました。会社の飲み会で二次会、三次会まで飲んで、最後は北見さんと差しで飲んだなんて、よく二日酔いの顔で言っていました」

「鈴木さんはお酒が強かったんですか？」

「底なしでしたね。酔って乱れるようなタイプではなかったんですが、とにかくハイになって、乗ってくると止まらないタイプでした。そのぶん反動も激しくて、飲んだ次の日などは休日だと一日寝ていました。彼女は仕事柄、残業することが多くて、その続きで北見さんと二人で飲みにいくこともあったようです。北見さんに誘われてって、僕の手前なのか、ちょっと迷惑そうに言ったこともあります。僕たちのあいだでは互いの仕事上の人間関係には干渉しないというのが暗黙の了解でしたので、黙って聞いていましたが、あまりいい気はしなかったですね。でも不審に思いはじめたのはもっとあとです。あるときから「北見」という名前が出なくなったんです。上司と飲みにいくとは言っても、北見さんと行くとは言わなくなって、これは変だなと思いました。かえって不自然だと思いました」

「なるほど。それはいつごろのことですか？」

「一昨年の六月ごろです。北見さんは妻子ある身なので、誤解されては困るというか、迷惑がかかるというか、そういう彼女なりの配慮、というか防衛反応だったのかもしれません。でも逆にいえばそれだけ親密度が増したわけですね。その点はまちがいないと思います。夜、二人でいるときにもよく携帯に電話があって、北見さんからだったと思うんですが、そんなとき彼女はあわてて席をはずして、わざわざ外に出て応対したりしていました。一度その会話が何かの拍子で耳に入ったことがあって、といってもほんのひと言ふた言ですが、そのときの彼女の口の利き方があまりにぞんざいで、というかほとんどタメ口に近い話し方でびっくりしたことがあります。「それってどういうことなの」みたいな話し方で……。でもわかりません。相手は北見さんじゃなかったのかもしれません。鈴木さんとはいつもそんな感じでした。わからないことだらけでした」

「不審に思われたのはそういう点だけですか？」

「いえ……。ちょっと言いにくいですが、ちょうどそのころから僕たちの関係というか、性的な関係ですね、それが疎遠になっていきました。「いま疲れてるから」とか、よく言われて。それに接し方というか、セックスのしかたが、少し荒っぽく、大胆になっていくように感じました。それがいちばん辛かったです。僕はその年の八月にイギリスに発ったんですが、僕がいなくなってからは北見さんともっと頻繁に会っていたようです」

「さきほど何度か「妄想」という言葉を使われましたが、そういう思いはずっとあったんですか？」

「そうですね。自分でも妄想じゃないかという意識はあったんですが、どうしようもなかったです。性的な妄想に振り回され、苦しめられました。あんな苦しかったことはありません。僕がこの方面で未熟だったからかもしれません。それと、彼女の職場にたいする嫌悪感というのもあったと思います。僕の偏見もあると思いますが、テレビ局の華やかで浮ついた感じがいやで……。妬みと裏腹の嫌悪感ですね。もともと僕はテレビが嫌いなんです。日本のテレビとか週刊誌とかが本当に嫌いで、ああいうものがなかったら日本の社会はもう少しましだろうにといつも思っています。とくにワイドショーとかバラエティーが嫌いで……。そういう価値観は彼女と共有していたはずなんですが、テレビの仕事にどっぷり浸かっている彼女を見ていて、この点でもだんだん僕から離れていくなと感じました」

「今回の事件の容疑者のことについては何かお聞きになっていましたか？」

「いいえ、とくに何も。取材しているホームレスのなかに高学歴の元公務員の人がいるということは聞いていましたが、それ以上のことは何も知りませんでした。ロンドンで会ったときは、ドキュメンタリーの撮影の真っ最中でしたが、それどころじゃなかったので」

「ドキュメンタリーは見ましたか？」

「オンエアされたときは見ていません。でも事件直後にニュースで流された部分は見ました」

「どう思われましたか？」

「容疑者についてですか？」

「ええ」

「容疑者についてはとくに何かを思ったということはありません。どこにでもいそうな老人に見えました。でも不可解な事件ですよね。僕にはなによりも彼女がなぜあの男と仕事以外で会ったりしたのか分かりませんでした。テレビや新聞はストーカー事件として扱っていますが、それもよく分かりません。でも、そんなことより、僕には彼女が亡くなったということがいまだに信じられないんです。葬儀にも行きましたが、いまだに実感がないんです。別れてからは連絡を絶っていましたが、電話したらいまでも出てくれそうで……。だから事件があったことじたいが悪い夢みたいで……。でも無惨な死に方をしたんですね。それを思うと彼女がかわいそうで……」

「事件のことはどうやって知ったんですか?」

「彼女の妹さんから連絡があって知りました。亡くなった翌日でした」

「鈴木さんのご家族とは親しかったんですか?」

「妹の江里子さんとは何度も会ったことがあります。お母さんにも一度だけお目にかかったことがありますが、ご両親に紹介されたというようなことはありませんでした。それに祐子さんが亡くなったときはもう別れたあとでしたから、葬儀も大学の先輩として出たという感じです」

「どんなご家族だったんでしょうか」

「よくは知りません。祐子さんもあまり家族の話はしませんでした。ただ、彼女はお父さんっ子だったようです。逆に江里子さんの方はお父さんのことをひどく嫌っていました。それで大学に入ると同時に家を出て、それ以来家には寄りつかなかったようです。お母さんもお父さんのことでかなり苦労されていたと聞いています」

「原因は何だったんでしょう?」

「僕にはよく分かりませんが、祐子さんたちの話を総合して考えると、お父さんというのはかなり変わった人だったようですね。人間関係がすごくいびつな人だという感じでした。一度ご両親とレストランで食事をすることになって、お母さんにお会いしたのがそのときなんですが、結局お父さんはいくら待っても来られませんでした。急に用事ができたということでしたが、本当はたんに気が変わっただけだろう、そういうことを平気でする人だからって、あとで江里子さんが吐き捨てるように言っていました。でも祐子さんのことは本当に可愛がっていたんでしょうね。葬儀のときの取り乱しようが半端じゃなかったですから」

被害者の家族についてこれ以上の質問をするのは憚られた。捜査に何の関係があるのかと逆に訊かれそうな気もした。見たところ、この真田浩樹という若者は、澤田と被害者の父親の職業上の関係については何も知らないようだった。新聞や週刊誌はこの情報を掴んでいたが、そこに「偶然」以上のものを見ようとするような記事はなかった。パワハラの事実を掴んでいる様子もなかった。被害者側の人間の気持を慮るというマスコミの通例の力学も働いていたかもしれない（「愛娘を無惨にも殺された被害者の父親の心情は察するに余りある」云々）。鈴木幸二がインタヴューに応じる姿も見られなかった。

人生の階段を踏み外した初老の男のストーカー事件——それがマスコミが捻り出した事件のタイトルだった。いつもながらのキャッチーで空疎なタイトルである。新聞、週刊誌、テレビの情報番組は、澤田がテレビ局にまで何度も電話していた点を大きくクローズアップしていた。テレビでは被害者の大学時代からの友人だという女性が「鈴木さんはすごく勉強熱心で、みんなから好かれる明るい人でした」と話していた。

　真田青年はていねいにお辞儀をして別れていった。


　私は澤田を傷害致死罪で起訴することに決め、第一回公判に向けた準備に入った。私はこの事件を捜査検事として担当したのだが、公判立会も私自身が行うことにした。この事件はもとより罪の有無を争うものではない。澤田は自首してきたのであり、容疑を認めてもいる。起訴は当然だが、犯行に計画性がなかったことも明らかである。刑の量定も、過去のこの種の事件の判例に照らし合わせて大枠はおのずと決まるだろう。懲役四年から五年といったところだろうか。被害者が若年で、一見何の落ち度もなかったことを考えると、四年未満はあり得ないように思うが、その一方で、被告人の過去の経歴、初犯であること、自首してきたこと、取調べでの態度など、情状酌量の余地も少なからずある。いわゆる反省や悔悟の念が顕著に見られるとは言えないが、私はそういうものにあまり重きをおかない。反省や悔悟など、人間はどうにでも取り繕えると思っているからだ。

　なぜ殺人罪ではなく傷害致死罪にしたかについては、迷いがないわけではなかった。澤田に明確な殺意があったようには思えないが、この点はじつはよく分からない。犯行現場は、先にも書いたとおり、ＪＲ山手線のＳ駅の二番ホームに降りる階段である。この階段は二段階になっていて途中に踊り場がある。駅員の証言によると、被害者は踊り場にうつ伏せに倒れていた。靴は脱げ、バッグとともに近くに散乱しており、片足の先が階段の最下段に掛かっていたという。被害者は階段の最下部にまで突き飛ばされて、踊り場の床に頭部を打ちつけたと見られる。それは検視の結果とも符合していた。現場検証で確認したところでは、この階段は踊り場の上が十八段ある。勾配は約四十五度。澤田が言うように被害者が二、三段降りかけたところで背中を押したのだとしても、よほど大きな力が加わらなければ最下段まで飛んでいくとは考えられない。発作的ないし偶発的な犯行でそこまでできるだろうか。殺意とはいわないまでも、強い恨みといったものがなければこの行為は説明できないように思われる。しかし、澤田の取調べでは、こうした感情の存在を裏づけるような供述は得られなかった。

弁護人は澤田の不幸な過去を強調する方向での弁護を考えているはずである。真面目な公務員だった被告人がうつ病を患い、失職し、その結果家庭崩壊を招いて、路上生活を余儀なくされ、いわば自暴自棄になった末にこの事件を起こしたのだと、おおよそそのようなシナリオを描いてくるはずだ。弁護人が農水省でのパワハラ被害にまで踏み込んでこの過去を再構成するつもりであるかどうかは分からない。おそらくそのつもりはないものと推測される。弁護人とは二度ほど面談したが、彼からはパワハラの話は出なかった。もとより私はこのことについて情報提供する立場にはないので、私も黙っていた。パワハラ疑惑（パワハラ「事件」と言うわけにはいかないだろう）に公判の場で言及するには相当の覚悟と慎重さがいる。パワハラの加害者とされる人物が本件の被害者の父親であるという特殊な、入り組んだ事情があるからだ。下手をすると名誉毀損で逆に訴えられかねない。それに、先に見たように、澤田にとって役人だったころのパワハラ被害は明らかに「触れてほしくない過去」なのである。しかも今回の事件とは関係ないと澤田自身が述べている。

「ストーカー事件」も「パワハラ被害」も体のいいラベルにすぎない。かといって私に事件を見通す明確なパースペクティヴがあるわけではない。私は、正直なところ、自分が事件の核心に近づいているのか、それともそこから遠のいているのか分からなくなった。このあと私は、自分の詰めの甘さを思い知らされることになる。

3

事態が大きく動いたのは、起訴の二ヶ月後だった。第一回公判を間近に控えた五月中旬、澤田は重い腹痛を訴えた。吐き気もあり、食事を受けつけないため、拘置所の医務部で診察したところ、急性膵炎の疑いありということで都内の指定病院に移送された。そしてそこでの精密検査の結果、末期の膵臓がんだと判ったのである。周知のように、膵臓がんは無症状のまま進行することが多く、発見されたときにはすでに手遅れということも少なくない。澤田の場合、路上生活や逮捕・拘留にともなうストレスが追い打ちをかけたとも言えるかもしれない。医師によると、がんは周辺のリンパ節のみならず肝臓にも転移しており、もはや手術は不可能で、緩和ケアしかないということだった。もってせいぜい二、三ヶ月だろうとも言っていた。澤田は休養患者扱いとなり、あらためて拘置所の病舎棟に移された。公判は当分延期ということになった。

病状がいくらか落ち着いた六月初め、澤田の方から私に話したいことがあるとの連絡が入った。時節にしてはいまだ肌寒いその日、私は病室に赴いた。澤田はげっそり痩せていて、顔色も悪かったが、眼光はむしろ鋭さを増していた。私はそこに覚悟のようなものを感じないわけにはゆかなかった。私は刑務官に席を外すよう促し、ベッドの脇に腰を下ろした。

澤田はすぐには本題に入らなかった。

「N病院の医者は私の余命について何か言ってましたか？」

「余命？」

「私があとどれくらい生きるかということです」

「そういうことはとくに……」

私は嘘をついた。澤田はそんなことには頓着しないというふうに続けた。

「あの宇野とかいう若い医者、あれは駄目ですね。人のこと、臓器としてしか見ていない。もちろんこんなところにいて贅沢の言えた義理じゃないんですが、それにしてもひどい。下腹部のCTも超音波もあの医者だったんですが、がん細胞がそこら中に転移しているのを見つけて小躍りしてましたよ。「すごい、すごい」って。私がすぐそこにいるのも構わずに。馬鹿ですね、あいつは。まったく、どんな教育受けてるんですかね。医は仁術だって、大学じゃあもうそんなこと教えないんですかね。Y市の日赤でもあれに似た医者に当たったことがありますよ。やっぱり若い医者でね」

この日の澤田には饒舌が戻っていた。しかし以前の饒舌とはどこか違っていた。

「あれは悪魔です」

「悪魔?」

「こないだ死神を見たんです。夢でね。おそろしい夢でした。死神っていうのはいるんですね。私は無神論者なんでそんなもの信じてなかったんですが、神はいなくても死神はいる、というか、死神とはいうけれど、それは神とはなんの関係もなくて、でも死神としかいいようがない。もちろん夢で見ただけですが、すごいリアリティーがあって、ぞっとしました。私に体をくっつけてきて、肩を抱きながら顔をのぞき込んで、ニヤっとするんです。ちょうどあの、漫画に『笑うせえるすまん』っていうのがありますよね、あんな顔をしていて、いやもっと丸みのある、つやつやした顔で、それで太い声で「よろしくな」って、ニヤっと笑うんです。ぞっとしました。忌まわしいっていうか、不吉っていうか、そういうものを絵に描いたような光景でした。目が覚めたあともそのいやな感じがずっと残って、ああ死ぬってこういうことなんだなって……」

「それと医者が悪魔だってこととどういう関係があるんですか?」

「だからあいつの診察のすぐあとに見た夢なんですよ。検査と診察のあとにね。検査の器械のあいだを器用にちょこちょこ走り回るやつでね。鼻歌なんか歌いながら。若いくせに、得意顔でね。死神の使いですよ。死神のパシリです」

澤田の口調には熱があった。しかしそれはどこかあやうい感じの熱だった。人を食ったようなところもあった。こういう澤田は知らなかった。私の方から事件に話を向けた。

「何か事件について話したいことがあるということですが」

「ええ、言ってなかったことがいくつかあるので、今日はそれについてお話しします。病気で倒れてから少し考えたんです。もう先も長くないし、心残りがないように、話せるかぎりのことは話しておこうと思いました。べつに前に言ったことを翻すわけじゃありません。私のなかでは、前にお話ししたことで一応の区切りはついていたんです。話として完結していたと言うと変ですが……。検事さんなら分かっていただけると思うんですが……」

「これは弁護士とは協議のうえでのことですか?」

「いえ、今日お話しすることは弁護士には何も言っていません。私ははっきりいってあの関根という弁護士のことは信用していません。よくやってくれているとは思うんですが、彼は刑を軽くすることしか考えていません。これを言うと有利だとか不利だとか、そんなことばかりで……。でも私はそういうことには興味ないんです。とくにこんな体になった今となっては刑期の長短なんてどうでもいいんです。それに人を殺めたことに変わりはありませんからね。そのことが消えるわけではありませんから。いっそのこと死刑にでもなったらいいと、そう思うこともあります。

私はもう何年も前からなんとかして鈴木幸二に復讐してやろうと、そのことばかり考えてきました。私がうつになったのも、役所を辞めたのも、家庭がめちゃくちゃになったのも、ホームレスになったのも、もとはといえば鈴木のせいです。いや、それは言い過ぎかもしれませんが、細かいことはどうでもいいです。元凶はあいつです。私はああいう人間に出会ったことが自分の人生で一番の不幸だったと思っています。あんなやつに出会ってさえいなかったらと何度思ったかしれません。珍しい人ですよ。私にとってそんな人間は地球上で彼一人ですから。逆に彼のことをそんなふうに思っているのは私だけじゃないでしょう。ああいう人間は自分が人にどれだけ深いトラウマを与えているかにまったく気づいていないんです。いや、馬鹿な人じゃないんで、うすうすは気づいているんでしょうが、そのことを考えるのは周到に回避している。というか、それを打ち消す材料ばかりを頭に描いて、誰それの面倒を見てやったとか、誰それには頼られているとか、立派な業績があるとか、それなりの地位についているとか、そういうことですね、そういうことばかり思い描いて、のうのうと暮らしているんです。許せないやつですよ。絶対に懲らしめてやらないといけない人間です。

　はじめはただ殴りたいとだけ思っていました。まだ在職中のことですが、どこかで待ち伏せして、いきなり顔を殴る。頬骨が砕けるくらい殴って殴って、殴りまくる、そんなことばかり考えていました。足がつくといけないから、目出し帽かなんか被ってね。顔を殴る、腹を蹴り上げる、倒れたところを革靴の裏で踏みつける。頭を、腕を、脚を、骨が折れるほど踏んづける。小骨が粉々になるほど踏み叩く。あいつのおびえた顔が浮かんで、それが苦痛でゆがんで……。情けないことですよ。不良やチンピラじゃないんだから。まっとうな大人の考えることじゃありません。でもね、検事さん、こういう暗い想像力に囚われたら、もう際限がないんです。来る日も来る日も、何度も何度も、同じシーンを飢えたみたいに反芻するんです。私はそのたびに頭が異常に興奮して、腕や肩にぐっと力が入って、体全体が硬直したみたいになって……。一度そういうサイクルに入ったら、もう出られないんです。

　毒殺することも考えました。オウムの連中が使ったサリンをビニール袋に入れて、役所のあいつの部屋の机の抽斗の奥とかに忍ばせて、ピンで小さな孔を開けておく。それでサリンがほんの少しずつ気化して、あいつがそれを毎日少しずつ吸い込んで、しまいに倒れる。残業が多くて、たいてい夜も役所にいましたし、マスターキーの手に入れ方も分かっていたので、その辺はリアルに想像できました。ただしサリンをどうやって手に入れるかはもちろんまったく想像外です。こういう妄想はほんとに悪魔的で、細かいディテールにまで及ぶんですが、肝心の部分がぽっかり抜けているんですね。他愛がないといえば他愛がない。でも執拗に、何度も練り直すんです。まるで綿密な計画でも立てるように。重要なポイントは、あいつが苦しむことです。一気に殺すのではつまらない。あいつが廃人同様になって、それでも生き長らえ、苦しみ、もがき、のたうち回る。できれば、誰がこんなことをしたんだろうと思って過去を振り返り、思い当たる節を探して疑心暗鬼になり、ああでもないこうでもないと思い出したくもない記憶に苛まれる。まあ悔恨にまでいたることはないでしょうが、もともと迫害妄想のひどい人ですから、過去を呪い、運命を呪う。あいつがしたことの倍返し、十倍返しですよ。

透明人間になっていたずらをする妄想もよくしました。あいつが役所のなかや路上を歩いているところを後ろから付いていって、片方の足首を棒切れで引っかけるんです。足を掬い上げる塩梅でね。あいつは二の足が継げないので突っかかり、よろめいて、前に手をつく格好でばったり倒れる。これを何度もしつこくやるんです。これは痛いです。奴もいい年ですからね。コンクリートの床だったりすると膝や手の指を骨折しかねない。それになにより何が起こったか分からない。相手は透明人間ですからね。周りを見回しても誰もいない。不可解で、気味が悪くて、腹立たしい。何度も何度もこけてはどうにか立ち上がるけど、手や腕や膝が傷だらけで、泣きっ面で、もう勘弁してくれって……。それとか、あいつ自身に変なことさせるっていうのもありました。やっぱり私が透明人間でね。役所の廊下とかで女子職員と立ち話しているあいつの後ろに回って、あいつの手を握り、それを思いきり職員の股間に持っていく。あるいはあいつのズボンのジッパーを開いてあいつのペニスを引っ張り出す。女子職員は悲鳴を上げるでしょう。時勢が時勢だけにこれは効きます。パワハラは逃げられても、ここまで露骨なセクハラは逃げられません。大騒ぎになって、首が飛ぶこと間違いなしです。マスコミも飛びつくでしょう。あいつを高級官僚という地位から引きずり降ろすにはもってこいです。結局それが、私が一番したいことなのかもしれません。あいつが運転している車の助手席に透明の私が坐って、ハンドルを勝手に切って歩道にいる人の列に突っ込むというのも想像しました。ひどい想像ですが、手段はなんでもいいんです。あいつは慌てふためき、顔を真っ赤にして抵抗するけれども、時すでに遅し。結局大変な、取り返しのつかないことをしてしまう。それで職も、何もかも失ってしまう。そういうあいつが見たいんですね。見たくて見たくてしかたないんです。

あいつ自身を透明にするというシナリオも考えました。あいつがみんなに完全に無視されるというシナリオですね。役所の廊下とかですれ違っても誰もあいつに挨拶しない、話しかけられても知らん顔している。これはまさにあいつ自身が私にしていたことです。その逆をみんなでやるんです。みんなにとってあいつは透明ですから無視するのは当然です。ところがあいつには何が起こったのか分からない。不可解でしかたがない。ふだん仲良くしている人たちからも無視されるので、その落ち込みようは半端じゃない。あの犬みたいな顔が不安でいっぱいになって……。ようするにあいつの神経がまいることをしてやりたいんですね。神経戦がいちばん効きますから。内側から打ちのめすにはいちばん効果的ですから」

ここまで一気にしゃべると、澤田は喉が渇いたと見えて、脇にあったコップの水を一気に飲み干した。この日の澤田の話にははじめて繰り返しや言葉の乱れのようなものが垣間見られた。同時にそこには紛うことのないリアリティーがあった。

「復讐心というものがこんなに人の心を衝き動かすものだとは知りませんでした。正直、情けないことだとも思いました。というか、ほとんど病気です。でもね、検事さん、私はこんな馬鹿げた妄想に何時間も、何百時間も使わされているんです。これじたい、もとはと言えばあいつのせいじゃないですか。私だってあいつのことは早く忘れたいんです。忘れられるものならきれいさっぱり忘れたい。でも呪われたようにあいつの顔が浮かぶんです。あの平べったい顔がね。夢にも出てきます。それにまたよく会うんです。どういうわけか、どういう運命のいたずらか、街角とかで出くわすんです。K駅で寝泊まりしていたときも一度見かけました。夜の十時ごろでしたか、駅のトイレを出てダンボールの寝床に戻ろうとしていたときです。遠目にあいつと分かって、びっくりして、思わず立ちすくみました。あいつはこちらの方向に歩いてきましたが、すれ違いざまに一瞬私の顔を見たように感じました。気のせいかもしれませんが、薄ら笑いを浮かべていたように見えました。その晩は悶々として一睡もできませんでした」

「あなたは鈴木幸二氏にたいする復讐をその娘さんを殺すことで成し遂げようとしたと……」

「よく分かりません。そうだったのかもしれません……。正直なところよく分かりません」

「鈴木祐子さんの父親が鈴木幸二氏だと知ったのはいつですか？」

「ひょっとしたらという思いは、テレビの取材が始まったときからありました。私が農水省にいたと言ったら、自分の父親もそうだと言っていましたからね。でも鈴木という名前の人はいくらもいるし、それ以上のことをあえて知ろうともしませんでした。鈴木幸二とはとにかく関わりたくなかったし、この愛らしい女性があいつの娘であるはずがないとどこかで思っていたんでしょうね。それに当時はテレビの取材ということで頭がいっぱいでした。それで最初の疑いは封印したんだと思います。

でもね、ずっとあとになって思い出したんですが、じつは祐子さんには彼女がまだ子供だったころに一度会ってるんですよ。あいつの家でね。あいつがまだ公務員宿舎に住んでいたころで、祐子さんは小学校に上がる前だったから五歳くらいだったと思います。私と鈴木がまだ仲がよかったころです。短い「蜜月」時代ですよ。夫婦で夕食に招《よ》ばれたんです。ただ、寝る前に客に挨拶しなさいって言われて居間に連れて来られた彼女を一瞬見かけただけなので、顔かたちを覚えていたわけではありません。

祐子さんの父親が鈴木幸二であると確信したのは、撮影も大詰めを迎えた十一月半ばです。彼女が私と父親との関係を知ったのはもっと前だと思います。父親に私の名前を言って、それで分かったんでしょう。もっとも、そのことについて彼女が私に何か言ってくれたわけではありませんが。

十一月半ばにガード下の行きつけの立ち飲み屋に寄ったら、ＡＤの三好さんが一人で飲んでいました。彼は若いのにかなりいける口で、私が行ったときにはもう相当飲《や》ったあとでした。それでひとしきり色々しゃべったんですが、途中で変なことを言うんですね。私が「鈴木さん最近悩んでるみたいだけど何かあったの」って訊いたときでした。いやいろいろありましてって、はじめは言いにくそうに言葉を濁していたんですが、私があんまり食い下るもんだから、彼氏とは別れるし、上司ともいろいろあってって、ぽろっと漏らしました。それはまあ想定内のことだったので、ああそういうことかって、いちおうは納得したんですが、そのあとです。「それに、なんでもお父さんから澤田さんを取材対象から外せって言われたみたいなんです」って言うんですね。「なんでそういうことになるのか、意味がわかりません」とも言っていました。酔ったうえでの失言だって感じで「すみません、いまの忘れてください」とも言っていました。

それでピンときたんです。ああそうだったのか、鈴木さんの父親はやっぱりあの男だったのかって。ホームレスであることがばれたなとも思いました。あいつはどこまで俺にいやがらせを続けるんだとも思いました。それに何より、ここまで来てもあいつの影に付きまとわれていることがもう逃れられない運命みたいに思えて、忌々しくてしかたありませんでした。ただ、鈴木さんが悩んでいたということは、いまさら私を外すわけにはいかないと思ったということでしょう。そのことは私の気持を少し和らげてくれました。もちろん仕事上の都合からでしょうが、私に悪いという思いもなかったとは言えませんよね。仕事のことで父親に口出しされることへの反発もあったでしょう。それに結果的には彼女は抵抗し通したわけですね。いずれにしても、私はこの点では鈴木さんが自分の味方であるような感じがして、ちょっとほだされたような気持になりました。

検事さん、私はひとつだけはっきり嘘をつきました。私と鈴木さんのあいだに肉体関係はなかったというのは嘘です。肉体関係と言い切れるかどうかは分かりませんが、形はどうであれ、一度だけ、肉体関係のようなものはありました。ラブホテルから出てくるところを田中が見かけたという、あの日です。十二月初めのことです。嘘をついたことはお詫びします。すみませんでした。

撮影がすべて終了したあと一度鈴木さんにお会いしたことは前にも申し上げたかと思います。いろいろお世話になりましたって、引っ越したばかりのアパートに彼女が菓子折を持って一人で挨拶に来られたんです。それで何もないアパートで話してるのもなんだからって、近所の焼鳥屋に誘ったんです。鈴木さんとお酒を飲むのはそれが初めてでした。ちょっと緊張しましたが、彼女の方は大きな仕事が一区切りついたという解放感からでしょうか、とても饒舌で、出される焼鳥にはほとんど手をつけずに、コップ酒をおいしそうに次々と飲み干していました。彼女が酒豪だというのは撮影スタッフから聞いていましたが、こんなに飲みっぷりがいい女性は見たことがありませんでした。気分もよかったんでしょう。はじめて自分の企画した報道ドキュメンタリーが完成間近だということで、よほど嬉しかったんだと思います。オンエアに向けて編集も最終段階に入っていると言っていました。お父さんの話は出ませんでした。私はいうまでもありませんが、祐子さんも父親の話は避けているように感じました。

　たいへん楽しいひとときだったんですが、途中からちょっと心配になってきました。この調子で飲みつづけたら間違いなく酔いつぶれるだろうと思ったからです。私もかなり酔っていましたが、彼女は途中かられつがあやしくなっていました。酔っても顔に出ない人みたいで、ちょっと見には何も変わらないのですが、トイレから戻って席に着くときに足がふらついていて、テーブルにあるものを袖に引っかけて倒したりするので、これはもう潮時かなと思いました。それに同じことを何度も言うんですね。お辞儀しながら。このたびはお世話になりました、これもひとえに澤田さんのおかげです、ほんとうに感謝していますって。ちょっと他人行儀だなとも思いましたが、酔ったときというのはそういう杓子定規なことを不必要に何度も言うものですよね。大人びた、ちょっと年寄りくさい口調で言うので、それもまた彼女らしいと感じました。

それで勘定をしてもらって外に出ました。鈴木さんが自分が払うってきかないので、恥ずかしながらおごってもらいました。私はタクシーを拾ってあげるつもりだったんですが、彼女がちょっと歩きたいって言うので、それに時間もそんなに遅くなかったので、H通り商店街を駅の方向にぶらぶら歩きはじめたんです。彼女の足がおぼつかなかったので、軽く腕を貸してあげていたんですが、そのうち彼女が私の腕に抱きつく格好になって、二人とも結構ぎこちない足どりで歩いていきました。ちょっと照れくさいような、うれしいような、心配なような、不思議な気分でした。

ご存じかと思いますが、商店街の近くにラブホテル街がありますね。商店街からそれが遠目に見える通りにさしかかったとき、彼女が「こっち行きましょう」って私を誘導するんですね。内心びっくりしましたが、彼女が何をしたいのかとっさには分からず、されるがままにその通りに入って、ホテル街に向かって歩いていきました。彼女を横目に見たら案外平然とした顔をしていました。ところが、しばらく歩いたあと、私の腕を引っ張るようにして一軒目のホテルに入ろうとするんです。「ここ入りましょう」って。これにはさすがに私もたじろぎました。ただ、それまで体をぴったりくっつけていたので、どう言ったらいいか、何かしらそういうムードになっていたこともたしかです。彼女の体温を感じていたというか……。寒い晩でしたから。私は「ええ？　いいの？」って返したんですが、彼女は返事を聞く風もなくエントランスのパネルで勝手に部屋を選び、私たちはエレベーターに乗り込みました。

部屋に入ると、彼女はベッドに直行して、そのまま倒れるように横になりました。そして軽い寝息を立てながら寝入ってしまいました。私はしばらくベッドの端に腰かけて、介抱するように背中をさすったりしていたのですが、そのうち私も睡魔に襲われ、彼女の傍らに横になってうつらうつらしているうちに眠ってしまいました。そうやって二時間くらい眠ったんですかね。目を開けると、彼女はいつの間にかシャワーを浴びたようで、白いバスローブ姿で寝ていました。眠っているようだったので、そっと起こさないようにしながらベッドを離れ、私もシャワーを使いました。飲みすぎて頭が痛く、ぼーっとしていて、ベッドに戻ってからもしばらく額に手を当ててまどろんでいました。さてこれからどうしたものか、彼女を促してここを出た方がいいんじゃないか……そんなことをぼんやり考えていた矢先です。彼女がいきなり抱きついてきました。甘えるようにして、顔を私の胸に押し当ててきたんです。酔いからはまだ覚めていない感じで、独り言のように何かつぶやいていました。ああこの人はいつもこうやって、自分のペースで、相手がいまどう感じているかにはお構いなしに男と体を合わせるんだろうなと漠然と思ったことを覚えています。

そのうち私たちは、こういう場合にふつうの男女がするようなことを、どちらからともなくしはじめました。残っていた酔いが適度に緊張を和らげてくれたので、私はゆっくりと、時間をかけて、たしかめるように、手の平で、指で、唇で、彼女の体に触れていきました。こういうことは本当に久しぶりでしたが、年の功なんでしょうか、意外に落ち着いてふるまうことができました。彼女は性急にリードしがちでしたが、それをやんわりと抑え、コントロールしながら、ときに大胆に、ときにやさしく、攻めていきました。彼女はとても美しい体をしていました。そのしなやかさと意外な重量感は、それまで接していた鈴木さんからは想像がつかないものでした。私はこのときはじめて、年の差を超えて、鈴木さんを一人の女として感じたのだと思います。かわいいなと思いました。私の体もそれに自然に反応して昂ぶってきました。これはすごいことでした。私は有頂天になって、彼女の体の上を少しずつ、ゆっくりと這い上がっていきました。そして顔と顔が対面する位置にまで達したとき、それは起きました。

部屋は薄暗く、枕元のスタンドが淡い光で照らしているだけだったんですが、こんなに間近に鈴木さんの顔を見るのははじめてでした。私たちは見つめ合いました。彼女の切れ長の眼を見つめ、視線を口元に移したときです。私のなかで突然、何か奇妙な感覚が芽生えました。それはある記憶と結びついた感覚でした。いやな感覚でした。その記憶は、彼女の鼻翼から上唇にいたるふくらみが呼び覚ました鈴木幸二の顔の記憶だったのです。あいつの顔が浮かんだんです。微かなほうれい線で囲まれた彼女のその部分は、鈴木幸二のそれとそっくりだったんです。蔑むような薄ら笑いがいまにも浮かんできそうな口元でした。そうして見ると、顔全体に二重写しのように鈴木幸二の顔が見えてきました。私のなかで欲望の火が一気に消えていきました。私は焦りました。この変化を気取られまいといろいろ試みたんですが、無駄でした。彼女は怪訝な表情で私を見つめました。ちょっと笑っているようにも見えました。彼女は老いが原因だと考えたかもしれません。それだったら私にとってはむしろ幸いですが、いずれにしても、私たちのあいだにはもう埋めることのできない距離が生まれていました」

「あなたがそのあと何度も鈴木祐子さんに電話をかけたのは、これがあったからなんですね？」

「まあそうですね。失敗を挽回したかったんですかね。そのへんは自分でもよく分かりません。とにかく何かを取り返すためにもう一度会いたいと思いました。このままもう会えないとしたらあまりにもやりきれないと」

「すべてを彼女に打ち明けて理解してもらおうとは思わなかったんですか？」

「それは思わなかったですね」

「なぜですか？」

「なぜでしょう。やっぱり私と彼女の父親とのあいだの問題を持ち込みたくなかったからじゃないでしょうか。変な言い方ですが、私と彼女との関係がそれで汚されるような気がしたのかもしれません。それに話すとしても、何から、どこまで話したらいいか……。彼女にとっては慕っている父親ですからね、気も遣うだろうし、言葉も選ばないといけないし……。どこまで共感が得られるかも皆目分かりませんでした。私が執念ぶかい人間だと思われるのもいやだったし。とにかく彼女とは触れたくない話題でした」

「オンエアのあとのことはどうですか？　あなたは、最初の取調べのとき、オンエアのあとで鈴木さんに会いたいと思ったのは番組について話したかったからだと言いました。番組にたいする不満をぶちまけ、それを共有したかったからだと。それも嘘だったんですか？」

「そのときは番組にたいする失望もありましたし、そこに映っている自分自身にたいする失望というか、違和感もありました。それを聞いてほしかったというのは嘘ではありません。こう言うと大げさに聞こえるかもしれませんが、映像に裏切られたという思いがあって、それは、他の人はどうか知りませんが、私のような者にとっては切実でした。あれからいろいろ考えたんですが、何というか、見えているものしか信じない人間って、いるんですね。私がそうです。平たくいえば、関西弁でいうところの「やつし」ですよ。かっこつけです。外見を取り繕い、見映えを気にする人間です。でもこれはけっこう虚無的な人間でもあります。内面とか本質といったものを信じないわけではないんですが、それと外面とがつながっていないんです。切れてるんです。というか、そういう意識をつねに持ってるんですね。そして、内面とか本質はいつも動いていて、つかみどころがないけれど、外面だけは自分で操作できる、まあそんなふうに思っている。ところが、私が見ている、見ようとしている私の外面は、ひとつの心象なんですよ。頭の中でしか存在しない映像なんです。だから、他人が提供する私の外面、というか写真とか動画ですね、そういう客観化された私の映像を目にすると、いつも違和感を抱いてしまう。これは避けようのないパラドックスです。だから私が番組で見た自分の姿に失望したとしても、それは当然のことなんです。根本的にいえばそういうことです。あとは程度問題です。あのドキュメンタリーは演出過多で、それにしてもひどすぎました。

私は鈴木さんと映像の怖さみたいなものについて話したいと思いました。映像にかかわる仕事をしている彼女にとってそれは無駄ではないと思ったからです。結局、最後にお会いしたときに少しはお話ししましたが、前にも申し上げたように真意はほとんど伝わりませんでした。

私が彼女に会いたいと思った理由はもちろんそれだけじゃありません。その部分ではたしかに私は嘘をついていました。あの晩以来、私と鈴木さんとのあいだには、裸で抱き合ったことのある男女にしか分からない一種の親密さが生まれていました。少なくとも私はそう感じていました。それはオンエアのあとも変わりません。私はもう一度彼女と寝たいと思っていました。それでも同じ結果に終わっていたかもしれません。でももう一度チャンスがほしいと思っていました。ひょっとしたら、これを乗り越えられたら、鈴木との忌まわしい関係じたいも変えられるかもしれない、そんなふうにも思っていたような気がします。リスクの高い賭けだけれど、大逆転みたいなことも可能かもしれないって。

あの晩以来、彼女からは何の連絡もありませんでした。私から連絡するのも憚られましたが、ときどき居ても立ってもいられなくて、それこそおずおずと、お伺いを立てるような気持で連絡しました。前にも申し上げたかと思いますが、はじめは電話に出てくれたんですが、忙しいの一点張りで、そのうち着信拒否されるようになりました。ただ、オンエアがあってからは、それがひとつの口実を作ってくれたこともたしかです。しびれを切らして局に電話したのも、番組に出たっていう自負みたいなものが後押ししてくれたからです。それもチョイ役じゃなくて、主役を張ったんだみたいなね。滑稽ですが、いい気になってたんでしょうね。局は取り次いでもくれませんでした。あんた誰？　何者？　みたいな感じでね。しょせんホームレスはホームレスなんですよ。しかもストーカー？　しかも年寄り？　そんな冷たい視線を電話口で感じて、自分がみじめでしかたありませんでした。

腹立たしくもありました。だってそうでしょう。ホームレスの現状把握だの復帰支援だのってお題目で番組は作るけれど、しょせんそれも商品で、しかも深夜帯にしか売れない地味な商品でね。興味ないんですよ、そんなもの、どうでもいいんです。そして少しでも世間体の悪いことが起こるとあわてて蓋をしようとする。一度テレビ局のビルの前を通ったことがありますが、その巨大さというか、偉容というか、それにたまげました。まさに大企業ですよ。ホームレスが泣こうがわめこうが石を投げようが、びくともしない。鈴木さんはこんなところで働いていたんだなって、あらためて自分の迂闊さというか、考えの甘さに気づかされました」

「二月十七日に鈴木さんに会って、ああいう結果になったのも、十二月の晩のことがあってのことだったんですね？」

「まあそうですね。でも結果はさんざんでした。それは申し上げたとおりです。彼女の口を衝いて出るのは仕事の愚痴ばかりで、まるで独り言を聞かされているようなものでした。オンエアの話も適当にはぐらかされて……。それに私は私で変でした。かなり被害妄想が入っていて、いろんなことに過敏になっていました。あの晩と同じで二人とも相当飲んだんですが、私はじつは体調も悪かったんです。こういうことを口実にはしたくなかったので言わなかったんですが、その数日前から吐き気がひどくて……。いま思うとあれは病気の兆候だったんですね。久しぶりに彼女の顔を見ながら、これがあの晩、肌を寄せ合ったあの人かと思いました。寝たいという気持もどこかに吹っ飛んでいました。

でも、十二時近くになって彼女が急に帰ると言い出したときには、正直うろたえました。せっかくの、待ちに待った再会がこんなふうに終わるのかと思うと、やりきれない気持でした。なにもかも台無しになったと思いました。もう一軒行こうと誘ったのもそのためです。これで別れたらもう会うこともないだろうと思ったからです。駅の構内に入ると、周囲を気にしてか、彼女は別人のように急によそよそしくなりました。人間って不思議ですよね。このよそよそしさは、あの十二月の晩までは見たことがないものでした。カップルって、一度でも親密な関係になると、人前では逆にこういう態度に出たりするんですね。冗談で抱きついたりできなくなるんです。不思議なものです。まあ彼女のよそよそしさはそれでも度を越していましたけどね。ちょっとヒステリックで、誰も寄せつけないって感じで。

このへんからです。彼女の顔にまたあいつの顔が甦ってきたのは。今度は顔だけじゃなく、声とか、話し方とか、体つきとか、身のこなしからも、亡霊のように父親の姿が浮かんできました。あの晩よりもっと強烈でした。それに酔ってふらふらでしたから、なんか邪悪なものが目の前にいる気がして、大声で叫びたいような気持になって、それを堪えるのに必死でした。もうどうにでもなれって感じでした。彼女の腕をつかんで、それを振り払われて尻もちをついたときも、あいつにやられたって思ったんです。むちゃくちゃですが、たしかにそう思ったんです。いやがらせされて、蔑まれて、そのうえ突き飛ばされて無様に尻もちまでついたって。階段を降りようとする彼女の背中を突き飛ばしたのも、発作的にやったように言ったかもしれませんが、それは違います。表現として弱いです。猛然とかかっていったんです。猛然とかかっていって、思いきり突き飛ばしたんです。そうじゃないと彼女が死ぬこともなかったでしょう。

検事さん、やっぱり私は彼女を殺したんですよ。まちがいありません」

澤田は苦しそうだった。体力的にも限界であるように見受けられた。聴取はもう切り上げた方がいいと思った。

「最後にお訊きしますが、あなたはなぜ鈴木さんとホテルに行ったことを隠していたんですか？　しかもそれを疑われたときも、きっぱりと否定しましたよね。なぜですか？」

「私ははじめ、あの晩のことは事件とは関係ないと思っていました。本気でそう思ってたんです。直接の関係はない思っていました。だから話す必要もないし、話しにくいことでもあるしって。そう自分に言い聞かせていたんでしょうね。抑圧してたんだと思います。さっきも言いましたが、最初の取調べのときに申し上げたことは、ですから、私にとっては完結した話だったんです。でも検事さんはあまり納得しておられなかったようですね」

「分かりましたか？」

「ええ、もちろん。妙なことを言うようですが、そのことがずっと引っかかっていました。それで、あの晩のことをそれこそ仔細に思い返しました。鈴木幸二との関係についてもあらためて考えました。考えたくないことではありましたが、逃げてはいけないという思いもありました。すると、鈴木との関係を縦糸として、すべてが別の相のもとに見えてきました。事件についてのまったく別のヴァージョンが出来上がったんです。まったく別というのは言いすぎかもしれませんね。少なくともはるかに重層的なヴァージョンが出来上がったので、これなら検事さんにも気に入ってもらえるかと……」

「あなたがあの晩のことを話したがらなかったのは、あらゆることに鈴木幸二氏が絡んでいるということを認めたくなかったからだと、そういうふうにも言えませんか？」

「こうも言えます。最終的な敗北を認めたくなかったから、つまり復讐をこんな形でしか遂行できなかったことを正視したくなかったからと……。検事さん、私からひとつお訊きしてもいいですか？」

「ええ、何でしょう？」

「検事さんは何か書いておられるんでしょう？」

不意を突く質問だった。何が言いたいのかすぐには分からなかった。

「何のことですか？　もちろん調書はとっていますが……」

「それとは別に、この事件をもとに本でも書こうとされてるんじゃないですか？」

「どうしてそう思うんですか？」

「まあ勘みたいなものです。いや、不躾な質問をしてすみません。答えられないならそれでかまいません。でも何か書いておられて、それが世に出るようなことになるんだったら、私にとっては最後のチャンスだと思うんです」

「チャンス？　何のチャンスですか？」

「復讐のチャンスですよ。あいつにたいする復讐の最後のチャンスです。あるいは、もっと広く言えば、この世に痕跡を残すチャンスです。テレビ映像と同じです。あのときは失敗しましたが、今度はうまくいくかもしれない。まあそれは検事さんの筆一本にかかっているわけですが……」

「裁判があるじゃないですか。そこで意見を述べることもできるでしょう」

「本気でおっしゃってるんですか？　検事さんらしくもない」

「私とあなたは共同作業をしている、そう言いたいんですか？」

「……」

「そんなの馬鹿げた考えです」

「それに検事さん、あなたの背後にはもうひとりいるじゃないですか、張本人が」

そう言ったとたん、澤田は嘔吐の発作に見舞われた。吐瀉物が四方に散り、澤田の口元で濁った唾液が尾を引いた。私は看護士を呼んで手当をするよう命じた。それが一段落ついたとき、澤田は口を半ば開けたまま、私を凝視していた。まだ何か言いたそうだったが、私は「お大事に」とだけ告げて病室を出た。

三週間後の六月二十六日、澤田公雄はこの世を去った。あっけない最期だった。拘置所の常勤医師が死亡確認を行い、遺体は家族に引き取られた。葬儀には私も参列した。情報提供してくれた澤田の元同僚もそこにいたが、会葬者の少ない、寂しい葬儀だった。

後日、サイバー犯罪対策係から連絡があった。例の深夜の公園での「集まり」を撮った別の動画がネット上で発見されたらしい。カメラアングルからしておそらく部外者が撮ったものので、覗きの常習犯の仕業かもしれないということだった。そこに澤田と思しい男の顔が写っていたらしい。よくは分からないということだった。私はあえて確認しなかった。

ショートカッツ　*Shortcuts*

電話

ラランクスから電話があった。「こんどカトレアって子が遊びにくんのよ」「だからどうしたんだ」「紹介するよ」「なんのために?」「知り合いになってほしいから」「間に合ってるよ」「なにが間に合ってるの?」「すべてが」「意味がわからないよ」「睡眠薬が切れかかっている以外、俺にはすべてがそろってるんだよ」「そろってるとか、そんな問題じゃないと思うけど」「記憶しきれるかどうか、自信ないな。こないだのレベッカっていう子、あれ同じ人間が二人いるんじゃないか?」「あんたってほんとうにバカね」「こないだ三人で会ったとき、ああこれがレベッカかって、思い出したって言ったよね」「うん」「はじめて会ったときのパーティーで、へべれけに酔ってて、みんなが見てる前で彼女のジーンズの膝の破れ目に手を入れたことも」「うん」「そのずっと前に、一度レベッカに会った記憶があるんだ。それも三人で、きみとじゃなくて、きみの知らない女の子といっしょに、イタリアンで飯を食った記憶があるんだ」「それほんとにレベッカだったの？」「まちがいないよ、カウンターで横に並んで、俺の右がソユーズ、左がカトレアだった」「ソユーズって？」「そのきみの知らない女の名前だよ。三二でバツイチで子持ちの」「変な名前」「きみに言われたかないよ」「でも不思議ね。じゃあカトレアにはもう会ってるんだ」「そうみたいだね」「なんだ」「だから間に合ってるって言ったんじゃないの？」「そうか。でもそれってほんとのカトレアかな？」「ほんとのって？」ラランクスは「もよおしてきた」と言って電話を切った。

酩酊

「一般的な酩酊」と書いてあった。「ジェフ、これどういう意味なの？」「あの、酩酊が一般的に広がったちう意味です」「みんなが酔っぱらったっていうことか」「まあそうです」「じゃあそう書いたらいいんじゃない？」「でも、僕の言いたいことがそれとはちょっと違います。あの、何という、酔っぱらいたくて酔っぱらったじゃなくて、酔っぱらいが自然に広がった感じていうか」「うん、まず言っとくけど、たしかに語らうことを語らいと言うし、戸惑うことを戸惑いとも言うけど、酔っぱらうことを酔っぱらいとは言わないんだ」「だから酩酊て書いたんですけど」あれ？「うん、まあいい。ようするに君は、人につられて笑ったみたいな、あくびが伝染したみたいな、そんな感じが出したいんだな」「そうな、何という、その酩酊の状態が知らないうちにどんどん広がったちう」「でもこの酔っぱらいは酒を飲んでの酔っぱらいだよね。自然に広がったって言うけど、酒を飲むっていうのは意図的な行為じゃないか？　まさかアルコールの血中濃度が徐々にみんなの血管のなかで高まったとか、アルコール濃度の輪が波のように広がったとか、そういう話じゃないよね」「ケッチョウノウドて何ですか？」「ケッチュウノウドっていうのは血液のなかの物質の濃さのことだよ」「あ、その感じがわかります。それ、近いです」は？「それに一般的な酩酊って、そもそも文章になってないね」「あ、すみません。それは先生も知っとると思いますが体言止めちう修辞です」「そんな体言止め、日本語にはないよ」「日本語にないものを作れって、先生がいつも言っとるので」ああ言えばこう言う。「わかった。とりあえず一般的はやめとこう。詩的な言葉じゃないからね」「でも何が詩的かはいろんな意見があるんじゃないか」「あるんじゃないですかだろ」なんだかいらいらしてきた。「あ、すみません。でもリルケも一般的て使ってますよ」「しかしジェフ、何という、それを一般的て訳していいかどうかは別だろ？」「それはそうですけど、何という、直訳の面白さちうこともありますだろ？」めんどくさい。「書き直すちうのも悪くないんじゃないか?」「やっぱり書き直したほうがいいですか?」「そうな」

信号

あいつがいる街だと思うとむやみに脅威を感じる。底なしの不安を感じる。あいつなんて何百万分の一の存在にすぎないと分かっているのに、いたるところにあいつの影が見える。歩いていても、バスに乗っていても。信号の色にまで違和感を感じる。風景がゆがんで見える。貧相な並木も、空を走る環状道路も。だいいち何という風景だ。すさんだ、安っぽい、高架だらけの風景。誰がこんな街にしたんだ。みんなこれでいいのか。人の顔までゆがんでいる。醜いサラリーマンの顔がさらに醜くゆがんでいる。ミニスカートをはいたホームレスのばあさんが独りでしゃべっている。早口でまくしたてている。「ちゃんとゆうたやないの、そんなんあかんて、あの子らほれなんぼゆうても若いからな、仕事でけへんねん、そうやねん、私ゆうたんやで、指示したんやで、経理で決めたことやからそんなんあかんて、赤木部長にもゆうたんや、社長呼んでこいって、出るとこ出るでゆうて、なってへんねんほんま、ええかげんやねんほんま、みんなあほやから、はいわかりましたゆうてな、ええかげんにせえ、なめとんかこらゆうて」煙草を挟んだ指に派手な指輪が三個。ミニスカートから出たガリガリの脚に青筋が立っている。呼び止められた。「ちょっと兄ちゃん」無視して行こうとしたら「兄ちゃん、そんな逃げんでもええやん」にっと笑うと前歯が一本しかない。「何ですか?」「何ですかて、えらいよそよそしおまんな。煙草一本めぐんでもらわれへんか思てな。どうでっしゃろな」「煙草って、おばさん、いま吸ってるじゃない」「これはこれやがな、兄ちゃん。しかしあんた若いのにしっかりもんやな。えらいな」遠ざかる俺の背後でばあさんの声がフェイドアウトしてゆく。「ほんまにえらいわ、あんたみたいな子が人殺すやて、母ちゃんなんぼ考えても……」あいつに出くわしそうな気がする。そのへんを歩いていそうな気がする。いくら斬ってもあいつの躰からは血は出てこない。いくら撃っても空洞ができるだけだ。信号が青になった。

蛇のしっぽ

先生に呼び出された。作文で「蛇は頭があって、首があって、そのまましっぽになっている」と書いたからだ。「蛇の首ってなんだ。そんなものどこにあるんだ？」「顔のすぐうしろにあると思います」「そうか、じゃあしっぽはどうなんだ？」「どうなんだって、どういう意味ですか？」「しっぽが首についてるのか？」「そんなふうに見えます」「じゃあ飯を食ったらしっぽに入るのか？」「蛇って飯食うんですか？」「飯っていうか、昆虫とか、とかげとか、そりゃ何か食うだろ」「しっぽに入ったらまずいですか？」「まずいとかそういう問題じゃなくて、消化できるのかっていうんだ。生物で習っただろ」「しっぽは反応器官だと思います」「反応器官？　聞いたことないな」「喜んだり、うれしがったりしたときに、しっぽ振るでしょ」「喜んだりうれしがったりって、同じことだろ。ひとつのことを無理やりふたつにしただけだろ」「ちょっとちがうと思います。というか、ちょっとはちがうと思います」「反応器官に飯が入ったらどうなるんだ。やっぱりまずいだろ」先生の机の上には食べかけの弁当が置いてあった。しゃけが異様に白い気がした。白い尻のようなしゃけだった。尻の端が少し齧られてほころびていた。

自殺

自殺でもしようかと思ってタクシーに乗った。「夜が明けてきましたね」滑らかな、いい声だった。初老の、ふくよかな顔の運転手だった。「日の出が少しだけ遅くなりました。少しだけなんですが、それでも感じますね」よく寝た人の、落ち着いた声だった。自殺の考えが少し遠のいた。「といっても、こないだ夏至でしたから、一年でいちばん日が長いのには変わりないんですが」すらすらとしゃべる。時計を見た。四時三十二分だった。「いつもこの時間ですか、夜が明けるのは?」「ええ、だいたいこの時間ですね」反対側の歩道に人が倒れているように見えた。タクシーを止めてもらい、広い車道を渡って見にいった。若い男だった。横になったままじっと動かない。顔は腕でおおわれて見えなかった。タクシーにもどった。「いまからお仕事ですか?」「ええ」嘘だった。家に帰ろうとしていた。降りぎわ、運転手が「行ってらっしゃいませ」と言った。運転手は倒れている男には一言もふれなかった。家に帰ってすぐ、自転車で折り返して男を見にいった。男はもういなかった。自殺のことは忘れていた。

引用

「あそこの角に古道具屋あるでしょ。その斜め向かいにクリーニング屋あるよね」「ないよ」「角から二軒目の、焼肉屋の隣だよ。「ほがらか」っていう」「「ほがらか」は飲み屋だよ」「でもクリーニングって書いてあるよ」「書いてあるだけだよ。焼肉屋の隣にクリーニング店があるわけないだろ」「どうして？」「においだよ。焼肉食って焼肉臭くなった服をクリーニング屋に出して、それがまた焼肉臭をまぶされて返ってきたらいやだろ」「そんなに焼肉食うのか」「食うな」「まぶされるかな？」「山田も大野もまぶされた」「じゃあやっぱりクリーニング屋じゃないか」「クリーニング屋に「ほがらか」なんて名前をつけるやつがどこにいる」「やっぱり「きよらか」あたりか」「「きらめき」だろうな」「とにかくそのクリーニング屋みたいな飲み屋の前をまっすぐ行くと太田靴店というのがあるんだ」「肉の太田だな」「靴屋だよ」「あの、ウインドーにプラモデルの飛行機が吊ってある？」「それは太田模型店だよ」「名前が同じなのか？」「まあね」「兄弟か？」「親子だよ」「なんか複雑な街だな」「その太田靴店がさ、グーグルアースに出てくるんだ」「どんなふうに？」「太田のオヤジが腕組んで、空を見上げてるんだ。革のエプロンしてね。ウインドーのうしろで」「雨が降ってるんだな」「そうなんだ。それとウインドーを外から覗きこんでる女の子の後姿が映ってるんだ」「太田の娘だな」「まさか」「レインコート着てるんだろ?」「うん」「それ、なんか見覚えあるな」「そこだよ。たしかオランダの画家の絵にそんなのがあった気がするんだ」「そこから引っ張ってきたんじゃないか?」「引っ張ってきた?」

ゴール

前半十六分のあいだに四点入れられた。チームメイトの顔が蒼ざめている。ゆがんでいる。こんなはずじゃなかった。何がなんだかわからない。どうしたらいいかもわからない。からだに力が入らない。恐ろしいことが起きようとしている。決勝の試合でボロ負けしようとしている。日本国民全員が見ているはずだ。彼らの驚きと、嘆きと、絶望が手にとるようにわかる。前半三十二分、私はハーフライン近くでボールをもらい、ドリブル突破で四人をなぎ倒し、キーパーの顔を吹き飛ばしてゴールを決めた。これで一点だ。一点返した。ポニーテールのキーパーは顔を両手で覆ってうずくまっている。きれいな顔が台なしだ。後半十二分、今度はコーナーキックで決めた。高く上げさせたボールに駆け上がるようにして飛びつき、ヘディングするかに見せかけて、半回転してオーバーヘッドでゴール隅に叩き込んだ。ゴールネットが破れるかと思うほど強烈なシュートだった。これで二点目。手足の長いポニーテールのキーパーは微動だにできず、呆然としていた。徐々に相手チームに焦りが見えはじめた。露骨なファウルをするようになった。唇の動きから「ビッチ」と吐き捨てるように言っているようにも思われた。あるいは「ピッチ」かもしれない。いや「ピンチ」かもしれない。そんなことを皆が考えていたせいか、また一点入れられた。長い足でねじ込まれた。五対二になった。相手チームはものすごい喜びようだ。狂喜乱舞している。いったい何点とったらそんなに喜ばなくなるのだろうか。三十点目のゴールともなれば、なんかだるいよねみたいになるのだろうか。冗談言っちゃいけない。後半三十五分、私は自陣のゴール近くでボールを奪うと、相手キーパーが前に出ているのを遠目に確認して、超ロングボールをゴールめがけて蹴り上げた。ボールは大きな大きな弧を描いてゴールバーの真下、すれすれのところに吸い込まれていった。キーパーはあわてて飛び上がり、宙を舞って、ぶざまに倒れ込み、芝生を叩いてくやしがった。三点目だ。ウオーッという歓声とブーイングでまわりの声がまったく聞こえない。面白くなってきた。後半四十二分、今度はサンバを踊りながら猛スピードで中央突破し、わざとゴールバーに当たるように蹴って、跳ね返ってきたボールに突進してヘッドで決めた。四点目。相手ディフェンス三人が死人のように仰向けに倒れていた。キーパーの表情はおびえに変わっていた。その後も私は何度もゴールネットをゆらした。何度も何度もボールをゴールに突き刺した。これでもかとボールをゴールにボールをゴールにねじ込んだ。一度など、ボールとともに体ごとゴールのなかに突っ込んだ。ネットを突き破って、その向うに行きたかった。ネットの向うにこそ、確実な、非の打ちどころのない、安心できるゴールがあるように思われた。ゴールの向うにテントを張って暮らしたいくらいだった。しかし疲れてきた。私のプレーはいつも単独プレーなのだ。連携プレーというものがない。流れでの得点というものがない。そもそもアシストがない。ディフェンスもない。華々しいゴールシーンと、相手を倒したいという欲望だけだ。こんなゴールを私がいくら上げようと、日本チームが強いことにはならない。チームの評価にはつながらない。私が欧州の有名クラブチームに引き抜かれるだけだ。何十億かで有名クラブチームに呼ばれて、得点王になって、海外メディアでちやほやされるだけだ。その晩、私はついに一睡もできなかった。

ダリダ

「その点、デリダの場合はもう哲学の権利みたいな話でダーッと押し切っちゃうわけ。そこはもう政治的な話っていうか、学問の政治みたいな話なわけですよ。それでワーッと行っちゃうんですね」「政治っていうか、アンチ政治ですよね」「そうそう。それでダーッと行くんだけど、ところがそこである種の逆転が起こる。つまりアンチのアンチになっちゃう。意味の多重決定性がある種破綻するんですね」「メタのメタとも言えますよね」「そうそう。存在はつねにすでにあるわけだから、メタレベルの連鎖はある意味避けられない。そこで存在者のいわば戦略として、最後の絶望的な賭けとして、論理の踏みはずしというか、空虚な意味の差異化の果てに生まれるリアリティーっていうか、そういうものを称揚するディスクールがそれこそ絶望的に生み出される」「ある種の強度を賭け金としてってことですね？」「そうそう」「そこはドゥルーズですね」「もちろん。それとブランショだよね」「それとやっぱりハイデガーじゃないですか？」「そうそう。それとバルトだよね」「あと、ボルヘスじゃないですか？」「まあね、それとエーコだね」「あとカントですよね」「ある意味ね。それとベンヤミン」「それとフーコー」「それとマルクス」「スピノザ」「ザッケローニ」「ニーチェ」「エンゲルス」「スペルベル」「ルソー」「ソローキン、もとい、ソルジェニツイン、あちゃ」

白浜

夜中に目が覚めた。ふと見たら、隣の蒲団で寝ている女子学生の胸がはだけている。暗くてよくは見えないが、たしかに両の乳房が丸出しだ。しかし酔いがまだどんよりと残っていて、身を起こす気にはならない。夜が明けたらゆっくり見ようと思ってまた寝たが、次に起きたらもう十時すぎだった。学生たちはみんな出かけていて、部屋には誰もいない。彼らの蒲団もだらしなく敷いたままだ。部屋の隅に押しやった座卓の上には酒瓶が乱雑に並んでいる。ポテトチップスの袋がこちらに向かって大きな口を開けている。昨夜寝る前に学生たちとクジ引きをして、私が紅一点の女子学生の隣で寝ることになり、それを二人の男子がさんざん囃し立てていたことを思い出した。アホな学生たちだ。ゼミ旅行と称してたった三人の学生と白浜くんだりまで来る私も私だが、やつらもやつらである。ほかにすることないのか、などと考えているうちにまた寝てしまった。起きたら昼前だった。スチューデントたちは部屋の隅で小声でしゃべっている。私ははだけた浴衣のまま立ち上がって宣言した。学生諸君、ビーチへ行こう。持ってきた酒も残っている。これを持って帰ることは許されない。ビーチで酒盛りしよう。ビーチで酒を飲みながら学問と日本の未来について語り明かそう。語り明かそうて、いま起きたばっかりやん、などと独言的にツッコミながら、それでも学生たちはうれしそうに従った。ビーチでは、陽平の提案で、西洋語をいっさい使わずに話そうということになった。アホ学生にしてはいい思いつきだ。電視台の金時間にはなぜあんな雑番組ばかりなのかということが話題になった。そうなんだな、日本放送局はいちおう別として、金時間には深刻な実録ものとか流せない雰囲気があるんだな、と修三。あれって何なんでしょうね、先生？　そこだよ、諸君、それがジャパンという国なんだ、と私は最初のミスを犯してしまった。してはいけないことに注意を集中しすぎてかえってそれを過剰にやってしまうという、よくある図柄だ。先生、罰遊戯！と言われて、私はぬるい泡酒をラッパ飲みした。金管楽器飲みした。二日酔いも手伝って、かなりへべれけになってきた。夜中に乳房を見せていたアイコが便所に立った。いいか、諸君、自己規制を強いるこの目に見えない圧力、これこそが社会的に共有された「それらしさ」「もっともらしさ」なのだ。わかるか、諸君、それは、と西洋人の本を参考文献としてアホ学徒に教えようとしてそれがまったくできないことに気づき、逡巡していると、アイコが大騒ぎしながら戻ってきた。「少し！　聞いてよ！」この子も酔っているにちがいない。「ちょっと！」を「少し！」と言い換える必要などないからだ。みんなの言語行動が少しずつおかしくなっている。「女子便所に入ったらさ、隣で変な声がすんのよ」「変な声って？」「ハァハァって」アイコは心なしか腰をくねらせているように見える。「よがり声か?」「よがり声って?」「番《つが》ってるんだな?」「ツガってる?」アイコが言い終わらないうちに私と陽平と修三は駆けだしていた。砂に足をとられてなかなか進まない。やっと公衆便所にたどり着いてぜいぜい言っていると、女子便所からいかついヤンキー風の男が出てきて、こちらを睨みながらゆっくりと立ち去っていった。私たちはしかたなく男子便所で連れ小便をした。「先生、ここだけの話、連れションって英語で何ていうんでしょうね」「フェロー・ピシングじゃないか? ヘリテイジあたりに出てるだろうからあとで見とけ」「はい」私たちはウォーッと叫びながら砂浜に駆けもどった。

ジプシーキングス

始業式のあと教室にもどった。さっきiTunesで聴いたジプシーキングスが耳について離れない。バンボーレイヨー・バンボーレイヤ。席に着くとき、前の席の中山が例によってスカートの後ろをめくって坐ったのでパンツが見えた。今日は水色のパンツだった。バンボーレイヨー・バンボーレイヤ。それもレーヨンみたいな化繊のパンツだ。ときどき二日続けて同じパンツのことがある。バンボーレイヨー・バンボーレイヤ。青木の顔が異様に白い。また一晩中ゲームしてたにちがいない。バンボーレイヨー・バンボーレイヤ。青木はゲームの帝王と呼ばれている。しかし帝王にしては顔がひょうきんすぎる。えなりかずきみたいな顔をしている。バンボーレイヨー・バンボーレイヤ。守田がまた「レイヤーさん」の写真とかいうのを見せてみんなの気を引こうとしている。こいつはマジうざい。いつも鼻の頭に汗をかいている。バンボーレイヨー・バンボーレイヤ。西田がこないだ貸した二千円返せと言ってきた。おまえの金は俺の金だと言ったら、じゃあおまえの彼女は俺の彼女かと言われてすぐに返した。急に貧乏になった。バンボーレイヨー、バンボーレイヤ。担任の黒田が入ってきた。鼻の横のほくろが今日はいつもより大きく見える。校庭からカズキ！と叫んでいるレイコの声が聞こえる。バンボーレイヨー・バンボーレイヤ。馬《ばん》場《ば》が部活で後輩を殴ったらしい。バレーボール部の練習は当分なしだ。バンボーレイヨー・バンバーレイヤ。くそっ、ジプシーキングスがよたってきた。

事件

きのうは祝日だったので妻と子供を連れて観光地に行き、名所旧跡を訪れた。みやげ物屋で特産品も買った。ただ有名な社寺では修学旅行生と外国人観光客が異常に多く、まるで満員電車のようだった。列をつくって拝観を待っているあいだ、隣にいた大学教授が話しかけてきた。教授は自分の専門の話をしてくれた。彼はその研究で非常に有名な賞をとったということだった。妻と子供は退屈していた。並んでいたカップルが「すごい数だね。何人ぐらいいるんだろう」「そうとういるんじゃない」と話していた。教授が「ところで、どちらからいらしたんですか？」と訊くので、「地方から来ました」と答えた。教授も地方出身ということだった。そのあと会話はあまり弾まなかった。社寺仏閣を見学したあと、レストランに入って食事をした。おいしかった。肉も魚も野菜もおいしかった。味付けもよかった。妻と子供は大満足だった。外に出ると人間が大勢いた。犬もいた。みんなが道を歩いていた。建物が建っていた。木が植わっていた。橋が川に架かっていた。空が青かった。呼吸した。来てよかったと思った。

オーディション

「四十歳以上限定　タレントオーディション開催！」と新聞に出ていたので行ってみた。My Do Academy という社名が少し気になった。「活躍中のタレント」の欄に知っている名前がひとつもないのもどうかと思った。雨も少し降っていたが、どうせほかにすることもなかった。書いてある住所には古ぼけたマンションしかなかった。入口で迷っていると、いきなり「なんや」と言われた。守衛みたいな森番みたいなおっさんだった。「オーディションに来たんですけど」と言うと、「オーデションやったらあっちやで」と顎で奥の階段を示された。二階に上がると、「まいどアカデミー　タレントオーディション会場」とドアに貼紙をした部屋があった。セロテープで何度も貼っては剥がしたような貼紙だった。玄関に入るといきなり「三千円」と言われた。「うちはオーディション料とってますんで」色白の太ったおばさんだった。「領収書ください」と言うと、それは無視して七番と書いた札をくれた。「さあ入って入って」十畳ぐらいの部屋に入ると、オーディションはすでに始まっていたようで、老婆が詩吟をうなっていた。何でもいいからできる芸を見せろということらしい。私は三列並んだパイプ椅子の最後列に坐った。二列目に三人、最前列に二人、全員が男だった。前方奥に「審査員席」と書いた席があり、禿げたオヤジと紫色のスーツを着た茶髪の女が鎮座していた。二人の机には、オヤジの前に「まいどアカデミー社長」、女の前に「まいどアカデミー専務」と書いた紙が垂れ下がっていた。オヤジは詩吟をうなっている婆さんには目もくれず、書類のようなものに目を落して、しきりに貧乏ゆすりしていた。女はあくびを噛み殺しながらタバコを吹かしていた。そのうち最前列に坐っていた二人の老人が口喧嘩をはじめた。一人が膝にかかえていたビニール袋をガサガサいわせるのを、もう一人が「おまえ、うるさいな」と咎めたのがきっかけだった。「なんや、文句あんのか」「おまえがそんなんするから聞こえへんやんけ」「なにをえらそうなことぬかすな、聞いてもいいひんくせに」「なんやと、もういっぺん言うてみい」社長は老眼鏡の上から二人を睨んだが、専務は面白がっている様子だった。目の前では婆さんが「べんせいしゅくしゅくうう、ううう、よるかわをわたるうう」と絞り出していた。そのうち老人たちの口喧嘩が取っ組み合いになった。年寄り同士なのでまるでスローモーションでつかみ合っているように見える。専務がはははと笑ったとたん、社長が平手でバーン！と大音響をたてて机を叩いた。老婆がびっくりして目をむいた。老人たちはすごすごと席にもどった。「次のかた！」と社長が言うと、二列目の中年男が前に出て、「三番、別れ坂」と言って演歌を歌いはじめた。カツラなのが丸わかりだった。私は席を立って玄関に戻り、色白おばさんの前に置いてあるアルミの箱から三千円引ったくって外に出た。森番が私を見て「なんや、もう終わったんか」と言った。色白が後ろから追いかけてきた。こわくなって駆けだしたが、色白はものすごいスピードで追いかけてくる。脇を締め、腕を上下に振って、まるでアスリートだ。私はついに力尽きて道端にへたりこんだ。色白はと見ると、すぐ後ろで仁王立ちしている。息も切らしていない。とにかく胸の隆起がすごい。顔も美しい。「あんた、これ忘れてまっせ」と右手でビニール傘を差し出し、左手を開いて「番号札」と言った。惚れた。

手術

執刀医が二十分遅れて手術室に駆け込んできた。女医だ。見たこともないような美人だった。手術が始まった。鼻腔の骨や軟骨を削ったり切除したりする手術だが、麻酔のおかげでほとんど何も感じない。しかも局所麻酔なので目も見えるし耳も聞こえる。手術室ではBGMでポール・マッカトニーが静かに流れていた。心拍計のピッピッという音がまるでメトロノームのようだ。途中で天井を向いていた顔を横向きにさせられた。白衣を着た女医の腹のあたりが目の前に来る格好だ。彼女の斜め後ろには別の医者が立っている。こちらは男だ。

二人の会話が聞こえる。「そうか、つまんなかったのね」「そうなんだよ、もひとつ盛り上がりに欠ける飲み会だったな」「エミちゃん来てたんだよね」「エミちゃんって?」「黒柳エミよ」「ああ、あのドクター、体調崩したとかでドタキャンしたんだ」「そうなのね」女医はここで、左手で僕の鼻を押さえたまま、右手を僕の足元の方向に伸ばして何かの器具を取ろうとした。目を疑った。彼女が半身になったその瞬間、白衣が引きつれ、ボタンとボタンのあいだが少し開いて、すき間から生身の肌と陰毛が見えたのだ。穿いていない。女医はすぐ正面に向き直ったので、また白衣しか見えなくなった。そういえば、この女医も背後の男性医師も手術衣らしいものを着ていない。白いドクターコートを羽織っているだけだ。急いでいたからか、それとも耳鼻科の手術ってこんなものなのか、などと考えていたら、また顔を天井に向かされた。鼻のところでパツンパツンという音がする。軟骨をハサミのようなもので切っている音にちがいない。と、また横向きにさせられた。また陰毛が見えた。つやつやしていた。「エミちゃん、来なかったのね」「そうなんだ」「だからつまんなかったんじゃない?」「そうかもね」「ドタキャンかあ、何があったんだろ」会話が循環している。何かがおかしい。よく見ると、男性医師の立っている位置が女医に異常に近い。後ろから体を押しつけているようにも見える。朦朧としてきた。BGMがアップテンポの曲に変わった。速い、速い、と思ったところで意識が途絶えた。目が覚めたのは病室に戻るストレッチャーの上だった。看護師たちの低い声が聞こえた。「心拍数ハンパじゃなかったよね」「うん、一度なんか上限突破してアラーム鳴ったからちょっと心配したよ」「勃起してたよ」「おまえが？」

「まさか」

昼ドラ

いきなりドスンときた。びっくりして身構えていると、今度は横に揺れはじめた。半睡状態のヒトミがしがみついてきた。半睡状態かつ半裸状態である。Tシャツの下はすっぽんぽんだ。軽い横揺れのあと、大波がワッと来て、二人ともベッドから振り落とされそうになった。洗面所の方角からグラスが落ちて割れる音がした。「地震?」「そうみたいだな」「どうしたらいいのかな」意外とふつうの声だが握力五十キロくらいで俺の腕を握っている。震度は六ぐらいか。余震がなかなか止まない。下半身が哀れなほど縮み上がっている。真昼間にラブホテルで地震に遭うなんて最悪だ。ブーンと携帯の振動音がした。一回、二回、三回……、十五回で切れた。入口のドアの向こうで人が早足で歩く音がした。また大きな揺れが来た。ベッドがギィといい、背後の壁に掛かっていたゴッホのひまわりみたいな絵が落下して、プラスチックの額縁が外れた。他の部屋から悲鳴のような声が聞こえた。ひとつしかない窓は四分の一しか開かないはずだ。入口のドアは自動精算機で精算を済ませるまではロックされているはずだ。とりあえず服を着ようと、ヒトミを促して、腹這いのまま散乱した服をかき集め、大急ぎで身にまとった。靴下が片方ない。こんなときにかぎって靴下が消える。しかも両方ではなくかならず片方だけ消える。ヒトミを見るとブラやらパンストやらボタンやらホックやら髪留めやらネックレスやらで俺より大変そうだ。そもそも部屋が暗い。俺はおそるおそる立ち上がってカーテンを開け、それでも暗いのでベッドの枕元に行ってタッチパネルのボタンをやみくもに押した。反応しない。押し方が悪いからかと親指でギューギューやってみるがやはり反応しない。どういうことだ？　停電？　試しにテレビのリモコンを取って電源ボタンを押したがテレビもつかない。いやな予感がして、入口の方に行き、精算ボタンを押したが、これも反応しない。ドアのノブをひねって開けようしてみたがやはりロックされている。閉じ込められた！　ベッドサイドに戻ってフロントに電話しようとしたが、受話器からは何の音も聞こえない。外もなんだか騒がしくなってきた。遠くで消防車のサイレンが鳴っている。携帯がまたブーンと震えた。誰かはわかっていた。電話に出た。「いまどこ？」「どこって、会社だよ。地震だね。大丈夫か？」一瞬、不吉な沈黙があった。すごい形相で深呼吸しているにちがいない。口から火を吹き、からだが小刻みに震えているにちがいない。「なぜそんな嘘つくの？　いま会社に電話したら、今日は昼からお休みですって言ってたわよ。どこにいるのよ」「出先だよ」「出先ってなによ。出先って場所があるの？　馬鹿にしないでよ」「出崎工務店だよ」ヒトミがぷっと吹きだした。それ最高、ウケた。俺は口元に人差し指を立てて制した。床がまた揺れた。「いまのなに？　女の声がしたわよ」「出崎のカミさんだよ。テレビ見て笑ってるんだ」「こんな地震の最中に？　どんな番組見てるのよ？　言ってみなさいよ」大工のカミさんというものはどんな状況であろうと、たとえ火事でまわりが火の海でも、せんべい頬ばりながらテレビ見てげらげら笑ってるものなんだ、と言おうかとも思ったが「昼ドラに決まってるじゃないか」今度はヒトミのウケはもうひとつだった。というかネックレスの留め金と格闘している。浜子が黙った。沈黙ほど怖いものはない。昼ドラでなぜ笑うのと訊かれたら中村梅雀のせいにしようと考えていたのに（といっても梅雀がなぜ可笑しいかまでは思いつかなかったが）肩すかしを食らった格好だ。梅雀の顔だけが無意味に脳裏に残った。その出崎とやらに電話してみるから番号教えてよとか、今いる部屋を携帯で撮って写メで送ってよとか言われるのがいちばん怖かったが、浜子はそこまで悪知恵がはたらく女ではない。もっとも、そう言われたら言われたで、こんな非常時になんてこと言うんだと一蹴する用意はあった。なに悠長なこと言ってんだ、そんな場合か、ほかにすることあるだろ、よく考えろ。浜子がようやく口を開いた。「出まかせ言わないでよ。もういいよ。ノボルが学校で怪我したらしいのよ。いまから病院に行くからすぐに来てよ」「それを早く言えよ」内心ホッとして、病院の場所を訊きながらしかしどうやってここから出たらいいんだと考えていると、急に部屋の電灯があかあかと点った。同時にテレビもついた。やっぱり昼ドラだ。テロップで地震情報も流れていた。背後でヒトミが何か言ったような気がしたので振り返ると、ヒトミは入口の方にすたすた歩いていってドアを開けて出ていった。テレビでは中村梅雀が犯人を追いかけて必死で走っていた。その梅雀が途中でこけた。これだった。

ＡＤ

その日はカミオカとデートだったので、洗浄したての肺フィルターを装着して出かけた。このＩＵＫ2型というのは最低二百回は使えるというすぐれものだ。なにより自宅で洗えるというのがいい。これが普及しはじめてから喫煙者が急激に増えたらしい。空港などでも、いままで「喫煙者コーナー」だったものを「非喫煙者コーナー」にするという案が持ち上がっているということだ。というのも、フランスが開発した例の iCasque というヘルメットを被ってタバコを吸うと煙がいっさい外に出ないからだ。それでもいやな人は「非喫煙者コーナー」に行ってもらうということらしい。その日はじつは百五十二歳になる叔母さんとテニスの約束があったのだが、最近脳チップの調子がよくないから修理に出すというので、急遽取り止めになったのだった。叔母さんは「ついでに右足も変えてもらうわ。前回はボロ負けだったけど、次回は全身ピカピカだから強いわよ、覚悟しといてね」と笑っていた。自宅の前にはあいにく空いたカプセルが見当たらなかったが、一ブロックほど行ったところに一台あった。ナビに「六本木一丁目」と言うと三十二秒で着いた。この辺に来るのは久しぶりだったが、この一帯も首都高速がなくなってずいぶんすっきりした。日本からこの手の醜い高架がなくなって数十年になるが、あれはいい選択だったと今さらながらに思う。カミオカは愛車のハーレーで先に着いていた。「飛ぶハーレー」の最新型だ。「おまえよくカプセルみたいなダサイもん使うな。これだと俺んちから十二秒だぜ」と開口一番カミオカが言った。「これも衝突回避機能が付いてんの？」「ああ緩衝バリアな。付いてることは付いてるけど、そこがソフィソフィなんだよ。だってどうやったってぶつからないっていうのはスリルがないじゃん。無茶な運転するやつも出てくるし。だから衝突確率五パーで標準設定してあるんだ。これを俺みたいにカスタマイズして七パーにまで上げることもできる。あとは腕の見せどころってわけだ。まあ事故ったところで死ぬわけじゃないけどね。でも事故って体がバラバラになったら、また税金使ってリペアしてってて、いろいろ言われるからね」「高校もこれで通ってんの?」「ああ」「派手な先生だな」「校舎の窓から生徒が手振ってくれるよ」俺たちはスポーツバーに入ってビールを注文した。大スクリーンではマルチフットのヨーロッパ選手権を中継していた。マルチフットというのは、みんながニコニコと呼んでいる、ボールを二個使ってやるサッカーだが、ルールが複雑で俺はどうもついていけない。ビールを一口飲んでから、カミオカにやんわり訊いた。「ところで相談ってなんなの?」「ああ、じつはそろそろADボタン(自動死亡装置)使おうかなって思ってるんだ。俺も来年で百三十だろ。もう精神的にぎりぎりなんだよ。もういいかなって」「そうか、たしかに俺たち統計上からいってもＡＤ適齢期だしな」「適齢期はどうでもいいんだけど、最近あんまり生きていたいと思わないんだよ」窓の向こうには、青空を背景に、カプセルがシャボン玉みたいにいくつも浮かんでいる。「マインド強化プログラムは受けたの？」「あんなのまやかしだよ。政府は例のＥＬＡ政策（Eternal Life for All）の手前躍起になって勧めてるけど、ただ目標をもて目標をもてって言われてもね。ガキじゃねえんだから」「薬もくれるんだろ？」「たんなる抗うつ剤だよ。みんなもらうだけもらって闇ルートで売り飛ばしてるよ」「まあＥＬＡも矛盾だらけだしな」「そのとおり。ＡＤボタン使って死ぬやつが毎年一定数いないと国はパンクしちゃうからね。国も本音はどんどん死んでくれってところなんだ。でも表向きはそんなこと言えないよね。ただその一方で、頭のイカレたやつばっかり生き残っても困るから、マインド強化プログラムでなるべくましなやつを残そうっていう。あれはだから選別なんだぜ。だれでも受けられるわけじゃないんだ」「そういえばこないだ人権擁護団体が自殺の自由を認めろってデモしてたな。事故でも病気でも老衰でも死ななくなった人間に自殺を認めないのは人権無視だって」「あれはようするにＡＤシステムを簡略化しろっていうことだよね。今はほら、他人のＡＤボタンを勝手に押そうとするやつが出てきたりして、ボタンの管理とか連帯保証人とか、システムがえらく複雑になったじゃん。二十四桁の暗証番号とかさ。だからもっと簡単に死なせてくれってことじゃないの」俺たちは二杯目のビールを注文した。「それより、面白いこと聞いたぜ。なんでもキラーズ・リーグ（殺人者同盟）っていう非合法団体があるらしいんだ。そこの同盟員っていうのが夜な夜な集まって殺人ゲームをやってるらしいんだよ」「なにそれ。ほんとに殺すのかな?」「そんなわけないじゃん。撃っても斬っても死なない時代なんだから。ゲームだよ。あくまでゲーム。殺すふり、死んだふりだよ。ただかなり過激な、すれすれのゲームらしい」「なんのためにそんなことするんだろう?」「そこだよ。ＫＬのやつらは人が殺したくてたまらない連中なんだ。根っからの殺人鬼なんだよ。ところが殺せない。というか殺したくても相手は死なない。殺したつもりでも相手はつねに生き返る。殺人事件ってもう何十年もないよね。だから分かるだろ？殺人鬼のフラストレーションは溜まる一方なんだよ」「それを解消するために殺人ゲームに打ち興じてるってわけか。でもそんなことで解消できるのかな？」カミオカはそれには答えず、店の観葉植物に目を遣った。俺は今日の一本目のタバコに火を点けた。「おまえがＡＤボタン使いたいって言うんなら、正直俺は寂しいけど、反対はしないよ」カミオカは黙ったまま俺の目をまっすぐ見すえた。「それでオプションはどうする？」「うん、それなんだけど、いちおう復活オプションにしようかと思うんだ」ほっとした。ノーリターンを選ぶと言われていたら平静でいる自信はなかった。「だれが管理すんの？」「それをおまえに頼もうと思ってさ」そう言われるのは分かっていたが、それでもうれしかった。「復活オプションの期限は二十年だ。いつごろ復活したい?」「それもおまえに任せるよ」「復活して、いやだったらどうする? 復活は一回きりだぞ」「気にしないよ。そのとき考えるさ。でも悪いな。おまえはそれまでAD使えなくなるな」「いいよ。俺はだらだら生きるよ」なんだかせつなくなって、カミオカを促して店を出た。街は仕事帰りの人々でごった返していた。日が暮れようとしていた。カミオカは二日後に他界した。それから三年経った。いつ復活させようか、いまだに迷っている。

大浦康介（おおうら・やすすけ）

文筆家。文学研究者。著書に『誘惑論・実践篇』（晃洋書房、2011年）、『フィクション論への誘い』（編著、世界思想社、2013年）、『対面的——〈見つめ合い〉の人間学』（筑摩書房、2016年）』など。訳書にヤン・アペリ『ファラゴ』（河出書房新社、2008年）、ピエール・バイヤール『読んでいない本について堂々と語る方法』（筑摩書房、2008年。ちくま学芸文庫、2016年）など。

大洪水以後

2020年9月20日　初版発行

著　者　大浦康介
発行者　原　雅久
発行所　株式会社 朝日出版社

〒101−0065 東京都千代田区西神田 3−3−5
電話（03）3263−3321

乱丁・落丁本はお取り替えいたします

ISBN978−4−255−01201−8 C0093